LES FANTÔMES DE MINGAN

Catalogage avant publication de Bibliothèque et Archives nationales du Québec et Bibliothèque et Archives Canada

Villeneuve, Mireille

   Les fantômes de Mingan

   (Atout; 147. Aventure)
   Pour les jeunes de 12 ans et plus.

   ISBN 978-2-89723-669-4

   I. Titre. II. Collection: Atout; 147. III. Collection: Atout. Aventure.

PS8593.I43F36 2015   jC843'.54   C2015-941128-9
PS9593.I43F36 2015

Les Éditions Hurtubise bénéficient du soutien financier du gouverne-ment du Québec par l'entremise du programme de crédit d'impôt pour l'édition de livres et de la Société de développement des entre-prises culturelles du Québec (SODEC). L'éditeur remercie également le Conseil des arts du Canada de l'aide accordée à son programme de publication.

Financé par le gouvernement du Canada
Funded by the Government of Canada | Canada

Mireille Villeneuve remercie le Conseil des arts et des lettres du Québec de son appui financier pour la création de ce roman.

Conception graphique: Fig communication
Illustration de la couverture: Luc Normandin
Mise en pages: Martel en-tête

Copyright © 2015 Éditions Hurtubise inc.

ISBN: 978-2-89723-669-4 (version imprimée)
ISBN: 978-2-89723-670-0 (version numérique PDF)
ISBN: 978-2-89723-671-7 (version numérique ePub)

Dépôt légal: 3e trimestre 2015
Bibliothèque et Archives nationales du Québec
Bibliothèque et Archives Canada

Diffusion-distribution au Canada: Diffusion-distribution en Europe:
Distribution HMH   Librairie du Québec/DNM
1815, avenue De Lorimier   30, rue Gay-Lussac
Montréal (Québec) H2K 3W6   75005 Paris FRANCE
www.distributionhmh.com   www.librairieduquebec.fr

Imprimé au Canada
www.editionshurtubise.com

MIREILLE VILLENEUVE

LES FANTÔMES DE MINGAN

Mireille Villeneuve est musicienne, auteure pour la jeunesse et animatrice. Elle a écrit plus d'une vingtaine de titres pour les enfants. Dans ses romans, elle s'inspire des lieux qu'elle visite et des légendes qui s'y rattachent. Plusieurs personnes de son entourage ont aussi servi de modèles pour ses personnages, avec leur permission, bien sûr! Pour elle, écrire, c'est toute une aventure!

À Magali et sa mère Lucie.
À Renée Lapierre et Yvon Bezeau,
mes nouveaux amis de la Côte-Nord.
Merci à Simon Gauthier
pour son baleinophone.

1

MOTEUR À EXPLOSION

Une étincelle s'allume dans le regard de Magali. Les sombres bouclettes de sa chevelure s'agitent. Elle se redresse sur sa chaise et referme ses doigts autour de son crayon. La jeune écrivaine sait enfin comment va débuter son conte. Par le début!

Il était une fois…

«Trop classique», se dit-elle avant de chiffonner sa feuille et de la lancer par-dessus son épaule.

Ce matin-là…

Une deuxième boulette de papier s'envole.

— Je n'y arriverai jamais! hurle Magali en laissant tomber sa tête sur la table de la cuisine.

D'un coup de cuillère, son père repêche les deux boulettes de papier tombées dans sa fameuse «sauce à spag». Il les déplie et les nettoie soigneusement avec le torchon à vaisselle qui lui sert de tablier.

— On dirait un travail de français.

— Je ne peux rien te cacher.

— Quel est le sujet de cette mission impossible?

— C'est ça, le problème! Sujet libre. J'ai choisi d'écrire un conte pour les jeunes lecteurs et je n'ai aucune inspiration.

Le père de Magali tente de remonter le moral de sa fille, comme s'il s'agissait de réparer un des superbolides de son garage.

— Fais confiance à ton "cerveau-direction"! Il suffit parfois de quelques réglages…

Sans remarquer le regard irrité de l'adolescente, le mécanicien ajoute:

— Tu es aussi performante qu'un moteur diesel. Tu as juste besoin d'une petite bougie d'allumage.

La tête dans ses bras, Magali ne l'écoute plus. Elle pense à sa mère, à mille lieues de leur maison. Buenos Aires ou Budapest? Elle visite tellement d'endroits pour vendre ou acheter ses épices qu'il arrive à ses proches de ne plus savoir où elle se trouve. Même si Magali a l'habitude de ces absences, sa mère lui manque souvent. Surtout cette année. Le temps ne lui a jamais semblé aussi long entre les brèves apparitions de la grande voyageuse.

Son père n'a pas son pareil pour réparer les voitures, rénover la maison et cuisiner.

Il est même passé maître dans l'art de dialoguer avec Laurent, son frère de dix-huit ans. Mais il ne comprend rien à la mécanique des filles de quinze ans. Surtout à celle de la sienne, qu'il appelle souvent son « moteur à explosion ».

Après avoir vanté les performances de Magali, tout en brandissant sa cuillère de bois, Sébastien s'approche d'elle et lui frotte le dos de sa grande main rugueuse, comme s'il voulait lustrer le capot d'une vieille voiture. Sans doute pour la consoler.

— Oh! Ma sauce déborde! s'écrie-t-il en s'élançant vers son chaudron.

Pendant que son père a le dos tourné, Magali en profite pour lui poser LA question, celle qu'elle garde pour les moments de désespoir suprême :

— Quand est-ce qu'elle revient?

Pour toute réponse, Sébastien passe la main dans ses cheveux poivre et sel, laissant une belle mèche rouge tomate au passage. Magali, devinant son embarras, tente de lui tirer les vers du nez.

— Qu'est-ce qu'il y a? Je croyais qu'elle avait presque terminé son voyage.

Son père se met à bégayer comme un moteur qui refuse d'embrayer.

— Elle re… re…

— Ça y est! Je le savais! Vous vous séparez... Maman retourne en Inde chez ses parents... Non, elle a eu un accident!

— Ne t'en fais pas, ta mère revient demain et on s'aime toujours autant.

— Wow! Bonne nouvelle!... mais on dirait que ça ne te fait pas plaisir.

— J'aurais préféré qu'elle reste à la maison un peu plus longtemps, cette fois-ci.

— Qu'est-ce que tu veux dire?

— Alisha doit repartir quelques jours après son retour pour rencontrer de nouveaux clients.

— Encore? Ce n'est pas une mère, c'est une galère!

— Tu sais qu'elle n'a pas le choix d'accepter.

— Je sais surtout que mes grands-parents indiens comptent un peu trop sur elle pour faire connaître leurs épices à travers le monde. Ils devraient pourtant se rappeler que leur héritière a elle-même une fille de quinze ans!

Tandis que Magali fourre rageusement ses livres dans son sac d'école, Sébastien tente de l'amadouer.

— Tu sais bien que la vie aurait moins de piquant sans les épices de ta famille indienne...

— Pour moi, la vie est plutôt fade, ces jours-ci!

— Tu veux que j'ajoute un peu de poivre à ma sauce?

— Papa, tu n'es pas drôle.

— Alisha a une belle surprise pour toi…

— Je n'en veux pas! décrète Magali en sortant de la cuisine.

Elle claque la porte de sa chambre et se jette sur son lit.

«J'ai l'impression d'être seule au monde», se dit-elle avant de fondre en larmes.

Le lendemain, Alisha, la mère de Magali, est de retour. Fidèle à ses habitudes, elle attend sa fille à la sortie de l'école. Magali a bien remarqué la petite voiture rouge paprika de sa mère. Mais elle fait semblant de ne pas la voir et se dirige vers l'autobus scolaire, tout en parlant avec ses amis. Si sa mère croit qu'il lui suffit de venir la chercher à l'école et de lui offrir un cadeau pour se faire pardonner sa longue absence!

Alisha actionne son klaxon une fois, puis deux.

— Hé, Magali! C'est ta mère! s'exclame son amie Jade en agitant un bras vers la petite voiture.

Par l'ouverture du toit, Alisha fait de grands signes pour attirer l'attention de sa fille. La douzaine de bracelets qui orne ses poignets fait presque autant de tintamarre que le klaxon de son véhicule.

Magali lève les yeux au ciel.

— Bon, eh bien… à demain ! dit-elle avant de s'éloigner de ses amis en traînant des pieds.

Aussitôt qu'elle est à bord du petit habitacle, sa mère déverse sur elle un flot ininterrompu d'exclamations et d'interrogations.

— Comme tu m'as manqué, ma belle Sajani ! Il me semble que tu as grandi. Est-ce que ça va bien, à l'école ? Qui est ce charmant garçon qui marchait près de toi ?

Magali, qui avait accumulé tant de choses à lui raconter, ne trouve soudain rien à dire.

— Et si on allait manger au resto, toi et moi ? continue Alisha comme si de rien n'était.

— …

— Qu'est-ce qu'il y a ? Tu ne veux pas passer la soirée avec ta mère, c'est ça ? Tu avais peut-être des plans avec ce jeune homme ? Est-ce de lui que tu me parlais au téléphone ? Thierry, c'est ça ?

— …

— Bon ! Puisque c'est comme ça, on ne se parlera pas. Je vais juste te prendre en otage contre une très belle rançon. Que dirais-tu d'une virée dans tes deux boutiques préférées?

Kidnappée par sa mère, soumise à la torture du magasinage, quel supplice! En temps normal, elle trouverait cela merveilleux. Mais Magali-Sajani décide de faire payer son absence à sa mère. Elle se lance dans une course folle et essaie presque tous les vêtements à sa taille.

— Tu es chanceuse, on vient tout juste de recevoir notre collection de printemps! s'écrie une vendeuse, trop contente d'avoir enfin une cliente «sérieuse».

Lorsque la petite voiture est remplie jusqu'au toit de sacs et de boîtes, Alisha demande à sa fille de décider dans quel restaurant elle a envie d'aller.

— On ne mange pas avec papa et Laurent?

— Non, pas cette fois. Ce soir, c'est juste nous deux.

Magali regarde sa mère d'un air sceptique. Après quelques secondes d'hésitation, elle choisit son restaurant préféré: celui que sa mère déteste.

— J'aimerais aller au Buffet Lee.

— Quelle bonne idée!

2

VOTRE VIE COMMENCE AUJOURD'HUI

Quelques heures plus tard, après un repas copieux et beaucoup d'émotions, Magali et sa mère reviennent dans leur maison. Aussitôt qu'elles ont franchi le seuil de la porte, Sébastien et Laurent accaparent l'attention d'Alisha, qu'ils n'ont pas vue depuis son retour. Magali disparaît en douce dans sa chambre avec ses achats. Après avoir déposé son butin sur le lit, elle envoie un texto à son amie Jade.

Salut ! T'es chez toi ?

Oui !

Téléportation dans 1 minute ?

D'acc !

Grâce à la petite caméra qui surplombe leurs ordinateurs, les deux amies peuvent communiquer comme si elles étaient dans la même pièce, à la façon des héros de *Star Trek*, auxquels elles se comparent souvent. Leur fascination pour ces personnages de science-fiction a débuté lorsqu'elles avaient dix ans. Par une fin de semaine pluvieuse et froide, le père de Magali avait loué de vieux films de *Star Trek* afin de leur faire découvrir cet univers. Médusées, les deux amies avaient été subjuguées par le vaisseau *Entreprise* qui voyageait à travers les galaxies à la vitesse de la lumière. Mais c'étaient surtout les membres de l'équipage de l'*Entreprise* qui les avaient séduites. Depuis, elles communiquent entre elles en imitant les héros de jeunesse de Sébastien.

— Salut, commandant Jadok! s'écrie Magali en faisant le signe des initiés.

— Salut, capitaine Magou! Puis, comment ça s'est passé avec Alisha?

— J'ai vraiment la pire mère du monde…

— Pourquoi? Qu'est-ce qui est arrivé? demande Jade d'un air inquiet.

— Premièrement, elle a essayé de m'acheter. Regarde! lance Magali en orientant la caméra vers son lit.

— Wow! Tu coûtes cher! C'est la boutique au complet!

— Ouais. Elle en avait gros à se faire pardonner.

— Moi, quand ma mère a quelque chose à se faire pardonner, elle me fait un *grilled-cheese*.

— Attends de savoir ce qui s'est passé ensuite !

— Quoi ?

— Elle m'a emmenée au Buffet Lee.

— Je croyais qu'elle n'aimait pas ce resto. "Trop de glutamate et pas assez de vraies épices !"

À ces mots, Jade agite gracieusement ses mains devant elle, comme le ferait la mère de Magali.

— Elle n'a presque rien mangé. Tu aurais dû la voir attaquer son rouleau impérial avec des baguettes ! J'ai eu le temps de retourner cinq fois au buffet avant qu'elle le finisse.

— J'imagine mal ta mère avec des baguettes. Ensuite ?

— Je n'avais pas vraiment envie de parler. J'avais peur de commencer une discussion qui aurait sûrement mal fini... Je me sentais vraiment au bord de l'explosion.

— Bon... et après ?

— Ma mère a sorti un paquet de forme rectangulaire de son sac.

— Encore un livre !

— C'est ce que j'ai pensé. Je ne voulais même pas l'ouvrir tellement j'étais persuadée que c'était un roman "pour ne pas que je m'ennuie" pendant son absence. Ma bibliothèque est pleine de ces livres que ma mère m'achète avant chacun de ses départs.

— Tu lui as avoué que tu n'en voulais pas?

— Je lui ai dit que j'en avais assez de ses cadeaux…

— Hon!

— … que je voulais une vraie mère, pas une image sur l'écran de mon ordi, une voix au téléphone, ou une petite pensée écrite au début d'un livre. Je n'étais plus capable de m'arrêter! J'ai même fait revoler une de mes baguettes pleine de sauce sans faire exprès. Elle a atterri sur la chemise de notre voisin de table…

— Oh, oh!

— Tout à coup, je me suis rendu compte que tous les clients du restaurant nous regardaient. J'ai surtout remarqué que ma mère avait l'air sur le point d'exploser, elle aussi. Elle s'est mise à déchirer le papier du cadeau comme une enragée.

— C'était un livre?

— Eh oui! Mais celui-là, il est différent.

Magali se penche pour sortir le fameux objet de son sac.

— Il faut que je te lise le mot que ma mère m'a écrit à l'intérieur.

Elle l'ouvre à la première page. Puis, elle se met à lire :

— "Chère Magali-Sajani, j'espère que ce livre deviendra ton confident pendant notre voyage. N'oublie pas de le glisser dans tes bagages ! Maman xxx"

— Comment ça, "dans tes bagages" ? Tu vas encore aller chez ta tante Tara-la-psy, comme quand tu étais petite ?

— Ç'a été ma première pensée. Ma mère m'a dit qu'elle avait parlé à ma tante et qu'elle était d'accord.

— D'accord pour te garder et t'analyser à longueur de journée pendant que ta mère chasse les épices aux quatre coins de la Terre ?

— C'est ce que j'ai d'abord cru. J'étais tellement fâchée que je n'ai pas compris tout de suite ce qu'elle m'expliquait. Elle a dû répéter au moins trois fois avant que je comprenne.

— Que tu comprennes quoi ?

— Figure-toi que ma "terrible mère", conseillée par sa sœur psychologue, a décidé de me faire manquer l'école pendant deux semaines.

— Pourquoi ? Tu es malade ? l'interroge Jade, les yeux agrandis par la surprise.

— Non. Je vais accompagner ma mère lors de son prochain voyage.

Pour tout commentaire, Jade ouvre et ferme la bouche.

— Hi, hi, hi! Tu devrais te voir. Tu ressembles aux carpes japonaises de l'aquarium du resto.

— Très drôle! J'imagine que toi aussi, tu devais avoir l'air un peu truite, quand ta mère t'a appris la nouvelle. Où est-ce que vous allez?

— Là! répond Magali en montrant la couverture du livre offert par sa mère.

Jade se rapproche de l'écran et examine la photo de la couverture. On y voit un immense rocher sur une plage de galets, au bord de la mer. Une tête d'Indien semble avoir été sculptée dans l'imposant roc de granit. Telles des fourmis, deux jeunes se tiennent devant cette tête de géant posée sur le sol.

L'adolescente lit à voix haute l'inscription sous la photo.

— "Grande-Île, Profil de l'Indien". Qu'est-ce que c'est?

— C'est un monolithe. Il y a des centaines de ces rochers sculptés par la mer dans l'archipel de Mingan. Ma mère dit que c'est une des merveilles qu'on pourra voir pendant notre voyage sur la Côte-Nord.

— C'est assez loin d'ici, non?

— En auto, c'est plus de quinze heures de route. Heureusement, on va prendre l'avion jusqu'à Sept-Îles. Après, il nous restera deux heures d'auto à faire pour nous rendre à destination, une ville qui s'appelle… Havre-Saint-Pierre, je crois. Ma mère veut établir des contacts avec des poissonniers et des marchands de là-bas pour vendre ses épices. Mais elle aurait pu m'annoncer qu'on s'en allait dans le désert pour traire des chamelles, j'aurais été aussi contente. L'important, c'est qu'elle m'emmène!

— Quand partez-vous?

— Après-demain.

— Déjà? Juste comme le beau Thierry commence à s'intéresser à toi.

— Oui, je sais…

Pendant quelques instants, les deux filles se regardent en silence.

— Qu'est-ce que tu ferais à ma place?

Tête baissée, Jade réfléchit intensément. Après un moment, elle se redresse. Des étoiles semblent briller dans ses yeux en amande. Elle répond d'une voix convaincue:

— Je partirais à l'aventure avec ma "terrible mère", mais j'enverrais tous les jours des courriels, des messages et des photos à ma meilleure amie et à mon amoureux…

— Tu es encore pire que ma mère!

— T'exagères!

— Par contre, elle a posé une condition à notre voyage, annonce Magali. Ça, précise-t-elle en désignant le petit livre.

— Euh… Je ne comprends pas.

— Il y a quelques jours, pendant qu'elle était au Japon, elle n'a pas juste parlé de son projet à Tara-la-psy. Elle a aussi appelé notre prof de français pour savoir si elle pouvait me faire manquer l'école sans que ça nuise à mes études. Monsieur Pariseau lui a dit pour notre fameux projet personnel, celui que je n'arrive pas à démarrer. Il a aussi mentionné que je semblais souvent distraite en classe. Ma mère et lui ont donc mis au point une stratégie pour m'encourager à écrire et à "travailler mon français". Ça pourrait même compter comme projet personnel.

Avant de continuer, Magali ouvre le livre et montre les pages blanches à son amie.

— Chaque jour, je dois écrire au moins une page et raconter mon voyage, donner mes impressions…

— Un genre de carnet de bord!

— Oui, commandant Jadok.

— Bon! Eh bien, moi aussi, je vais poser certaines conditions, capitaine Magou!

— Hou! J'ai peur…

— Laisse-moi terminer! Si tu ne veux pas que je sois jalouse et frustrée de voir ma meilleure amie partir à l'aventure et si tu veux que j'empêche les belles filles de l'école de s'approcher à moins de trois mètres de ton prince charmant, tu dois promettre de me donner des nouvelles le plus souvent possible.

— C'est tout, mon commandant?

— Non! J'ai une autre mission. Je veux une photo de toi avec ce géant indien, ajoute Jade en montrant la couverture du livre.

— Ça ne devrait pas être difficile, il ne bougera pas de là avant quelques milliards d'années.

— Oups! Je crois que tu as laissé tomber quelque chose, là.

Jade pointe du doigt deux petits morceaux de papier qui ont glissé du livre. Magali s'empresse de les ramasser.

— Ce sont les messages de nos biscuits chinois.

— Lis-les-moi!

— Le mien en premier: "Votre vie commence aujourd'hui."

— Wow! Ça promet pour le voyage.

— Oh! Écoute celui de ma mère: "L'aventure est faite de dangers que la sagesse sait éviter."

— Mmm… Je préfère ton message, déclare Jade.

— Bon ! Il faut que je te laisse. Je dois me préparer pour ma "nouvelle vie" !

— Bonne nuit, capitaine Magou !

— Je te texte avant mon départ. Bye, commandant Jadok !

Avant que la caméra s'éteigne, Jade a tout juste le temps de lancer :

— Tu es vraiment chanceuse d'avoir la pire mère du monde !

— Oui, je sais…

3

TURBULENCES

Leur vol en avion à hélices ressemble à une promenade dans la poche d'un kangourou. Le voyant lumineux indiquant qu'il faut boucler sa ceinture de sécurité est allumé et les agents de bord restent assis tout au long du trajet. Par le hublot, Magali regarde les vagues du fleuve déchaîné apparaître et disparaître entre les épais nuages. Elle est légèrement inquiète, mais le sourire de sa mère, habituée aux vols mouvementés, la rassure un peu.

Contrairement à Alisha, la jeune fille ne voyage pas souvent. Elle a bien pris l'avion à plusieurs reprises, pour visiter la famille du côté maternel, en Inde. Elle est aussi allée à Cuba pendant les vacances d'hiver pour s'enfoncer les orteils dans le sable chaud. Mais c'était il y a longtemps, avant que Trésors d'Orient devienne aussi reconnue dans le monde et que sa mère soit nommée agente commerciale de l'entreprise. Depuis qu'elle passe son temps à parcourir le globe avec ses coffrets d'épices, Alisha préfère passer ses vacances… à la maison.

— Maman ?

— Oui, Sajani ?

— Il me semble que, d'habitude, tu voyages sur d'autres continents, dans d'autres pays…

— Oui, je sais. Mais maintenant, notre entreprise veut faire découvrir nos épices aux Québécois. On veut aussi adapter nos mélanges aux mets d'ici. Imagine la tourtière parfumée à l'anis étoilé, le pâté chinois au gingembre, ou encore la poutine muscade-cannelle…

— Arrête ! J'ai mal au cœur.

Mais Alisha s'enthousiasme, comme chaque fois qu'elle parle de nourriture. Elle continue d'énumérer ses étranges combinaisons de saveurs.

— Il paraît que c'est sur la Côte-Nord qu'on trouve les meilleurs fruits de mer et poissons du continent. Je pourrais leur vendre notre nouveau mélange d'épices, Pêche miraculeuse ; la pointe de cannelle pourrait subtilement rehausser leurs filets de morue…

Comme s'il réagissait aux propos gastronomiques d'Alisha, l'avion tangue vers la gauche. Par la fenêtre du hublot, Magali voit le fleuve s'approcher de leur appareil.

— Nous allons bientôt atterrir, affirme sa mère en polissant ses ongles avec nonchalance.

— Tu es sûre qu'on ne va pas plutôt amerrir?

Pour toute réponse, Alisha tend un petit sac de papier brun à sa fille.

— Je te trouve un peu verte. Prends ce sac et tiens-le devant toi au cas où… Oups! Juste à temps. Bien visé, Sajani!

Le petit avion, ballotté par les vents, doit s'y reprendre à trois fois avant d'atterrir. Lorsqu'il s'immobilise enfin sur la piste, un grand soupir de soulagement et quelques applaudissements se font entendre. Magali adresse un pâle sourire à sa mère.

— Bienvenue à Sept-Îles. Il est midi et vingt, et le temps est pluvieux et frais, annonce le pilote.

— On dirait plutôt qu'il est minuit. Le ciel a la couleur du charbon, commente Magali en descendant de l'avion, un peu chancelante.

Un vent glacial accueille les voyageurs, comme pour leur faire comprendre que sur la Côte-Nord, le mois d'avril appartient encore à l'hiver.

— C'est sûrement d'ici que vient le dicton "En avril, ne te découvre pas d'un fil", remarque Alisha en remontant le col de son imperméable.

Aussitôt à l'intérieur de l'aéroport, l'agente commerciale se précipite vers le comptoir de location de véhicules.

— Avez-vous une auto rouge?

Le commis secoue la tête. Ses voitures sont grises, noires, blanches ou bleues. Mais Alisha n'en démord pas. Il lui en faut une rouge! Elle tente de faire comprendre au jeune homme en complet cravate pourquoi elle tient tant à avoir un véhicule aussi voyant qu'un camion de pompiers. L'homme reste très poli et ne bronche pas lorsque la mère de Magali lui explique que les voitures rouges sont plus faciles à distinguer sur la route et à retrouver dans les stationnements de centres d'achat. Malgré l'air exaspéré des quelques clients qui attendent leur tour, il cherche une solution pour contenter cette touriste capricieuse.

— Il y aurait peut-être celle de mon beau-frère! s'exclame-t-il en s'emparant de son téléphone.

Une demi-heure plus tard, une vieille voiture rouge fané vient se garer devant l'agence. «Ça pourrait être pire, se dit Magali. Ma mère se contenterait d'un tracteur ou d'une trottinette, pourvu qu'ils soient rouges...»

Avant de leur remettre les clés du tas de ferraille, le commis de l'agence et son beau-frère donnent quelques conseils aux deux aventurières.

— Elle en a vu d'autres, mais évitez les trous et les bosses si vous ne voulez pas faire de crevaison.

— Les freins sont à changer, mais il n'y a pas beaucoup de feux de circulation par ici.

— De toute façon, vous n'avez pas très long à faire. Havre-Saint-Pierre, c'est la porte à côté. Pour y aller, vous prenez la 138, une belle route bien droite. Pas trop de vitesse ! La vieille cocotte aime prendre son temps.

Alisha ne semble pas inquiète. Elle dode-line de la tête à la façon de ses aïeuls indiens, lorsqu'ils sont d'accord. Quelques instants plus tard, Magali aide sa mère à mettre leurs bagages et les précieux coffrets d'épices dans la valise de la voiture rouge. Puis, elle s'ins-talle sur le siège abîmé du passager, pendant que sa mère se glisse en chantonnant derrière le volant.

Le trajet en voiture est aussi mouvementé que le vol. Sébastien ferait sûrement une crise cardiaque s'il savait que sa femme et sa fille se promènent à bord de cette carcasse rouillée. La pluie et la brume sont de la partie. On n'y voit pas à plus de dix mètres devant soi. Si au moins les essuie-glaces fonctionnaient normalement! Mais on dirait qu'ils ont été réglés pour se balancer en cadence... sans toucher le pare-brise.

La mère et la fille sont parties de Sept-Îles depuis plus de trois heures. Difficile de savoir exactement, puisque l'horloge du tableau de bord ne fonctionne pas et que leurs téléphones sont restés dans leurs bagages. La route, qui filait en ligne droite depuis leur départ, est maintenant sinueuse.

— Maman?

— Mmm?

— On dirait qu'on tourne en rond.

— Impossible, Sajani. Il n'y a qu'une seule route et c'est celle-ci.

— Ça doit faire à peu près dix fois qu'on croise la rivière à Saumon.

Alisha se contente de hocher la tête. Elle est trop occupée à essayer de distinguer la route à travers le brouillard pour tenter de trouver une explication. Elle serait sûrement étonnée d'apprendre qu'il existe plus d'une centaine de ces panneaux indiquant une rivière à saumon, sur la Côte-Nord.

— Il me semblait qu'on n'était pas très loin de Havre-Saint-Pierre, ajoute Magali qui a ouvert un nouveau sac de papier brun.

— On devrait arriver bientôt, ne t'en fais pas, la rassure sa mère en doublant un train routier chargé d'immenses billots de bois.

Quelques kilomètres plus loin, un bruit d'explosion les fait sursauter. Aussitôt, la voiture se met à tanguer dangereusement.

— Je crois qu'on a une crevaison, annonce calmement Alisha.

Elle a à peine le temps d'amorcer une manœuvre pour se ranger sur le bord de la route que l'immense camion chargé de troncs d'arbres les dépasse et fait vibrer l'auto. Il n'en faut pas plus pour que leur véhicule poursuive son chemin et se retrouve, bien calé, dans le fossé boueux.

L'agente commerciale, toujours aussi détendue, demande à sa fille d'aller chercher son téléphone cellulaire dans son sac de voyage, au fond du coffre de la voiture.

— Je vais appeler le centre d'information. Il y a sûrement un garage dans les parages, indique-t-elle en composant un numéro sur le clavier. Tiens! C'est étrange, on dirait qu'il n'y a pas de réseau disponible.

— Et maintenant, qu'est-ce qu'on fait? On marche?

Comme pour répondre aux questions de Magali, le ciel déverse sur elles une avalanche de gros flocons.

4

LÀ OÙ L'ON CHASSE L'OURS

— Une chance que votre auto est rouge, sinon on serait passés tout droit! Avec cette tempête des corneilles, comptez-vous chanceuses qu'on vous ait aperçues!

— Merci, monsieur, déclare Alisha en s'inclinant respectueusement devant le conducteur de la camionnette providentielle.

— C'est normal! Ici, on s'entraide du mieux qu'on peut.

L'homme, les mains dans les poches de sa veste de chasse, fait lentement le tour de la voiture, suivi de près par Alisha. Après un moment, il s'arrête et se tourne vers elle en secouant la tête d'un air désolé.

— L'essieu de votre roue est brisé. Il va falloir faire remorquer votre véhicule. Mon beau-frère a justement un garage à Nutashkuan.

— Nutashkuan?

— Euh... Natashquan, en langue innue.

— Mais je ne vais pas si loin! On est attendues à Havre-Saint-Pierre. Quand j'ai réservé notre chambre, on m'a dit que c'était une ville avec toutes les commodités. On y trouvera sûrement un garage avec une dépanneuse.

— Désolé de vous contredire, mais vous êtes passées tout droit depuis un bon moment. Ici, on est à deux heures de route à l'est de Havre-Saint-Pierre. Par contre, vous êtes quasiment arrivées dans mon village, à Natashquan, presque au bout de la route 138. Je ferais bien demi-tour, mais avec cette tempête, je ne suis pas certain que ce soit une bonne idée de faire voyager les jeunes si longtemps dans la boîte de ma camionnette.

Alisha tourne la tête et aperçoit un adolescent assis dans le véhicule, côté passager. Il regarde devant lui et ne semble nullement intéressé par ce qui se passe alentour. Un peu comme Magali qui attend la suite des choses, à l'intérieur de la voiture, au fond du fossé.

— Voilà ce que je vous propose : je vous emmène au garage de mon beau-frère, à l'entrée de Natashquan. Il pourra remorquer votre auto jusqu'à Havre-Saint-Pierre. L'habitacle de sa remorqueuse sera sûrement plus chaud et confortable que la boîte de mon camion, pour faire deux heures de route enneigée.

— Je devrais peut-être l'attendre ici. Je suis agente commerciale et j'ai beaucoup de bagages précieux dans mon véhicule.

— Je vous conseille quand même de venir avec nous. Ce n'est pas prudent de rester au bord de la route, par ce temps. Pour vos bagages, même s'il y a plus d'ours que de voleurs en territoire nistassinan, ne prenons pas de risques inutiles.

L'homme siffle une longue note puissante. L'adolescent baisse sa fenêtre.

— Amène-toi, Kenny!

Celui-ci ouvre la portière et, d'un bond de félin, saute du camion. Sans échanger un seul mot, les deux hommes transportent les valises et les coffrets d'épices à l'arrière de leur camionnette, dans l'habitacle en fibre de verre.

— Montez devant, madame. Allez, les jeunes! Grimpez dans la boîte du camion.

Peu rassurée, Magali lance un regard désespéré à sa mère. Celle-ci lui renvoie un sourire bienveillant avant de se hisser à bord de la camionnette.

— As-tu besoin d'aide pour monter? demande l'adolescent.

— Non, je vais y arriver, répond Magali.

Elle monte dans la boîte et tente de se faire une place entre les bagages. La tôle gondolée et froide lui fait presque regretter le « confort » de la petite auto rouge. Le garçon referme la porte arrière de la coque rigide.

34

Avant de s'asseoir, il tend une épaisse couverture de déménageur à la jeune passagère.

— Merci! souffle-t-elle en esquissant un sourire. Je m'appelle Magali.

L'adolescent se contente de secouer la tête, sans un mot. Il rabat le capuchon de sa veste sur sa tête, comme pour indiquer qu'il ne souhaite pas continuer la conversation.

«Ce gars est aussi chaleureux que la boîte du camion!» songe Magali en s'enroulant de son mieux dans la couverture. Heureusement qu'elle peut regarder par la fenêtre!

Le camion se met en branle. Pendant quelques minutes, sur la banquette avant, le conducteur concentre son attention sur la route enneigée. Soudain, il semble se rappeler la présence de sa voisine.

— Excusez-moi, je ne me suis pas présenté. Paul Siméon. Je viens d'aller chercher mon fils Kenny, qui étudie à Sept-Îles.

— Enchantée, monsieur Siméon. Je m'appelle Alisha Kurian.

— Ce n'est pas un nom québécois, ça.

— Non, c'est un nom d'origine indienne.

— Indienne? De quelle communauté?

— Euh… En fait, ce sont mes parents qui sont indiens de la côte sud.

— De l'autre côté du fleuve Saint-Laurent? Vous êtes acadiens?

— Mmm… non. De l'autre côté de la planète. Ma famille vient de l'Inde occidentale, du Kerala.

Le conducteur et sa passagère éclatent de rire.

— Ici, vous allez rencontrer beaucoup de gens qu'on appelle des Indiens. Mais c'est une erreur. Nous sommes des Innus, aussi appelés Montagnais.

— Oui, je sais. C'est la faute à Christophe Colomb. Il cherchait la route des épices et il est arrivé chez vous au lieu de chez nous.

— Ici, c'est plutôt la route des saumons !

— Dites-moi, vous avez déjà mangé du saumon en croûte d'épices ?

Pendant que les adultes « brisent la glace » sur la banquette avant, Magali tente de faire fondre celle qui recouvre la fenêtre. À force de gratter le givre avec ses ongles, elle parvient à se faire une petite lunette, d'où elle peut regarder la route qui défile en sens inverse. Elle se concentre sur le paysage pour oublier le mal des transports qui produit des vagues inquiétantes dans son estomac.

Soudain, de petites créatures, certaines hautes comme trois pommes, d'autres un peu plus grandes, émergent du brouillard. Elles se dressent au sommet des rochers qui bordent la route. Parfois seules, parfois avec d'autres, elles ont toutes les bras ouverts et les pieds écartés.

Magali n'ose pas importuner le «charmant jeune homme» assis en Indien devant elle. De son sac à dos, elle tire un petit appareil photo et prend quelques clichés de ces formes fantomatiques qui surgissent dans la pénombre.

5

LE CONFIDENT

Jour 1 – Auberge du Portageur, Natashquan

Cher Indien,

Lorsque je t'ai vu pour la première fois, je ne voulais rien savoir de toi. Je t'ai même repoussé de façon assez brutale, au restaurant. Il a fallu que ma mère nous présente et me torde un peu le bras, comme dans les mariages arrangés entre familles d'un même clan. Je te trouvais tout de même intrigant, avec ton profil d'Indien qui regardait au loin.

Puis, je t'ai oublié au fond d'une valise. Ce n'est que ce matin que j'ose t'approcher du bout de ma plume. Il faut dire que je n'ai pas grand-chose à faire, dans cette auberge. Ma mère est partie avec Paul Siméon, celui qui nous a repêchées dans le fossé au bord de la route. Cette fois, notre sauveur l'emmène au garage de son beau-frère, où notre auto de location se fait « soigner ».

Nous sommes arrivés à Natashquan hier soir, à bord de la camionnette de monsieur

Siméon. Aussitôt, il nous a conduits au garage de son beau-frère. Il était fermé. En fait, on se serait cru dans un village fantôme. Pas la moindre trace d'humains dans la rue principale. Monsieur Siméon s'est alors rappelé que c'était la soirée du hockey.

—Ils sont tous à L'Échouerie, un bistro au bord du fleuve, nous a-t-il appris.

—Tout le village? s'est étonnée ma mère.

—Oui, et même ceux de notre communauté innue, située un peu à l'extérieur du village.

Comme nous l'avons découvert ensuite, les séries éliminatoires sont très populaires, à Natashquan. Ce soir-là, le restaurant L'Échouerie, où nous avons pour ainsi dire échoué, était rempli à craquer. Certains mangeaient, d'autres n'avaient qu'une tasse de café ou une boisson devant eux, mais tous regardaient l'immense écran, au fond de la salle. J'ai aussitôt compris quelque chose : les gens d'ici ont souvent l'air de ne pas vous voir, mais il ne faut pas s'y fier. Rien n'échappe à leur regard de faucon.

Une dame âgée a prononcé quelques mots dans une langue que je n'avais jamais entendue. Aussitôt, on nous a fait de la place à la grande table du milieu. Deux minutes après notre arrivée, ma mère et moi avions un grand châle de laine sur le dos et un bol de soupe à l'oignon tout fumant devant nous.

La patronne, une jeune rousse au regard bleu, nous a souhaité la bienvenue. Elle a traduit pour nous les quelques mots de la vieille dame : « Elle trouve que vous avez l'air de deux chiots abandonnés et affamés. » J'ai tourné la tête vers celle-ci, assise tout près de nous. Elle était en grande conversation avec Kenny, le fils de monsieur Siméon. Elle lui parlait en innu-aimun, et lui, il répondait en français par monosyllabes. Il ne semblait pas très content. Il avait le même air frustré que pendant le trajet en camion. Je crois qu'il aurait aimé être ailleurs.

Nous ne sommes pas restées très long-temps. J'étais si fatiguée que je n'arrivais pas à garder les yeux ouverts. Mes paupières étaient lourdes comme des pierres. Un homme aux cheveux châtains a proposé de nous reconduire à l'Auberge du Portageur. Ce matin, dans la petite salle à manger qui fait face à la mer, c'est lui, monsieur Vigneault, qui nous a servi le petit-déjeuner. Il nous a ensuite présenté sa femme, avec laquelle il est propriétaire de l'auberge.

Le couple semblait un peu déçu de notre départ prévu aujourd'hui. D'après eux, il y a plein de choses à faire dans leur village et autour.

—Avant de partir, nous a conseillé monsieur Vigneault, vous devez absolument visiter la Vieille École et les magasins du Galet!

—Si vous voulez, je peux vous accompagner, a ajouté la propriétaire.

J'ai aussitôt vu les yeux de ma mère pétiller. Elle adore magasiner. Elle a cependant décliné l'invitation à cause de son rendez-vous avec un pêcheur de Havre-Saint-Pierre, aujourd'hui, en fin d'après-midi. Il fallait donc quitter Natashquan aussitôt que possible. Le travail de ma mère passe avant les activités touristiques!

Notre sauveur, monsieur Siméon, est arrivé pendant que nous terminions notre petit-déjeuner. Nous étions maintenant plusieurs assis autour de la table. L'aubergiste servait des cafés pendant que sa femme prenait des nouvelles de chacun.

—Ici, à Natashquan, c'est comme ça qu'on commence la journée, nous a expliqué le maire du village, un homme un peu ventru. Pas besoin d'ouvrir les journaux, qui donnent des nouvelles de Montréal ou de

Québec. On vient prendre un café chez les Vigneault et on a des nouvelles de toute la Minganie!

—Eh bien, chez nous, on se prépare pour la saison de la pêche! a fait savoir monsieur Siméon.

—Ton fils te donne un bon coup de main, j'imagine.

—Bah! Kenny a bien changé depuis qu'il va à l'école à Sept-Îles. On lui fait manquer son tournoi de hockey. Je crois que ça va être plus compliqué de lui demander de l'aide que de s'en passer.

J'ai enfin su pourquoi Kenny était de si mauvaise humeur. J'ai aussi découvert que les Siméon étaient des Indiens. Pas des Indiens comme mes grands-parents maternels, mais des Innus qui vivent en communauté, à quelques pas du village. Ils sont sûrement parents avec toi, cher journal, si je me fie à ton profil de granit, sur ta page couverture. Avant de te quitter, je glisse entre tes bras de papier le petit message de mon biscuit chinois: «Votre vie commence aujourd'hui.»

6

PIÉGÉS

— Magali ?

En entendant son nom, l'adolescente lève la tête et voit Kenny pénétrer dans le salon de l'auberge. Elle se lève d'un bond. Son journal, qu'elle avait déposé sur ses genoux, tombe par terre. Le jeune Innu s'empresse de le ramasser. Il ne peut s'empêcher de jeter un coup d'œil à la couverture.

— As-tu déjà visité les îles Mingan ? demande-t-il en lui remettant son livre.

— Non. C'est ma mère qui m'a donné ce carnet. On va probablement aller visiter ces îles, quand on sera à Havre-Saint-Pierre.

— Vous vous êtes trompées de saison. À ce temps-ci de l'année, il n'y a aucun bateau qui s'aventure avec des touristes dans l'archipel des îles Mingan.

— Ma mère n'est pas une touriste, c'est une agente commerciale. La plupart du temps, elle réussit à aller où elle veut.

Kenny lui adresse un petit sourire moqueur.

— Ici, pour aller où on veut, il faut respecter certaines conditions.

— Quelles conditions?

— Des conditions climatiques, par exemple. Tant que les glaces ne sont pas complètement fondues, aucun bateau d'excursion ne s'aventure près des îles. Trop dangereux.

Magali cherche vainement une réplique. Quelques secondes de silence pénible s'écoulent.

— Tu es venu ici pour te moquer de moi?

— Non.

— Bon! Excuse-moi, mais je dois me préparer. Aussitôt que ma mère arrive, on part pour Havre-Saint-Pierre.

— Non.

— Pardon?

— Vous ne partez plus aujourd'hui. Ta mère a finalement décidé de rester quelques jours à Natashquan, pendant que mon oncle rafistole votre voiture. L'homme qu'elle devait rencontrer à Havre-Saint-Pierre a accepté de remettre leur rendez-vous à plus tard. En ce moment, elle est à la réserve, là où j'habite. Mon père veut lui présenter notre chef de bande. Il croit que ça peut être bon pour ses affaires... d'épices.

— Merci pour l'information! dit Magali en tournant les talons.

Elle n'a pas fait trois pas lorsqu'elle entend Kenny lui demander:

— Tu viens faire un tour de quatre-roues ?

Surprise, Magali fait volte-face.

— Tu as sûrement autre chose à faire que de t'occuper d'une touriste comme moi !

— Oui, mais entre aider mes parents à préparer la saison de pêche et me balader en quatre-roues, je préfère la deuxième option.

— Et moi, est-ce que j'ai une autre option ?

— Oui, même deux autres. Tu peux marcher pour rejoindre ta mère à la réserve, ou encore passer la journée seule à l'attendre ici.

— Bon ! J'ai compris. Donne-moi deux minutes, je mets mon manteau et je te rejoins devant l'auberge.

En sortant du petit hôtel, Magali est aveuglée par le soleil.

— Il fait vraiment plus beau qu'hier ! ne peut-elle s'empêcher de remarquer.

— Tu n'es peut-être pas au courant, mais la Côte-Nord est l'endroit le plus ensoleillé du Québec. Tu as vraiment besoin d'apporter ce gros sac ?

Magali pense au contenu de son sac à dos : appareil photo, cahier, crayon, cellulaire et bouteille d'eau, pommade pour les lèvres… Comment pourrait-elle se passer de ces objets ?

— Tiens. Mets ça, lance le jeune Innu en lui tendant un casque de moto. Tu montes ?

Même si elle ne se sent pas très courageuse, l'adolescente hoche la tête et grimpe à bord du quatre-roues.

— Où est-ce qu'on va ?

— Je t'emmène au bout du monde.

— Très drôle.

— C'est comme ça qu'on appelle le bout de la route, à une trentaine de kilomètres d'ici. Elle s'arrête à Kegaska, le prochain village. Je dois remettre quelque chose à la sœur de ma copine qui reste là-bas. Mais avant, il faut que je visite les collets de ma grand-mère, dans le bois.

Avant que sa passagère ait le temps de lui poser d'autres questions, Kenny fait vrombir le moteur de son engin. Puis, il fait un départ digne d'un film d'action. Les roues avant décollent du sol et celles de derrière font gicler les cailloux du stationnement. Magali a une petite pensée pour ses parents. Sa mère serait rassurée par la couleur rouge pimpant du tout-terrain. Son père, encore une fois, serait sûrement très inquiet pour elle.

Le jeune Innu emprunte un sentier sur le bord de la grève. Pendant un bref instant, sa passagère s'imagine sur une plage exotique, au bord d'une mer du Sud. Mais une bourrasque de vent du large la ramène sur la Côte-Nord du Québec, où ce qu'il y a de plus exotique, c'est sûrement ce bel «Indien» auquel elle s'agrippe pour ne pas tomber. Ce dernier fait soudain un brusque virage qui soulève un nuage de sable presque blanc.

Quelques minutes plus tard, un chemin de terre les conduit dans un boisé de petits conifères. L'air devient plus chaud et dégage une douce odeur de sapinage. Le conducteur arrête son quatre-roues, descend du véhicule et se dirige vers une corde qui barre le chemin. Un panneau rouge octogonal, comme on en voit à tous les coins de rue, se balance au milieu de la corde. *Arrêt-Nakai**.

— *Nakai*… Mon premier mot en innu!

Kenny, habitué des lieux, décroche la corde, puis la remet en place après avoir franchi l'obstacle. De l'autre côté, il roule plus doucement, comme s'il était à l'affût de quelque chose. Étrangement, Magali a l'impression de pénétrer dans une maison. Ou plutôt dans une cathédrale dont les vitraux

---

* Les mots marqués d'un astérisque renvoient au glossaire à la fin du livre.

seraient les milliers d'interstices entre les branches des sapins odorants.

— Bienvenue au royaume des ours! s'écrie Kenny en réduisant encore la vitesse de son bolide.

— Des OURS? s'inquiète Magali.

La seule fois où elle a vu un de ces mammifères, c'était au zoo, à travers les mailles d'une haute clôture d'acier. Même ainsi protégée, elle avait été très impressionnée par la taille de l'animal, lorsque celui-ci s'était dressé sur ses pattes arrière.

— Il y a aussi des renards, des castors, des orignaux et des lièvres, continue Kenny, sans se soucier de l'air effrayé de sa passagère.

Il arrête le véhicule et se tourne vers Magali. Il remarque alors ses yeux agrandis par l'appréhension.

— On... on... en voit souvent, euh... par ici?

— Des lièvres?

— Des... des ours.

— Ça arrive. Mais tu devrais plutôt craindre l'ermite de la forêt. C'est un gars qui n'aime pas être dérangé. Quand on vient dans la forêt, c'est comme si on entrait chez lui sans frapper. Des fois, il apparaît sur le sentier avec sa carabine levée devant lui.

— C'est pour ça que tu parles à voix basse?

— Non. C'est pour écouter les bruits. Ah! Ça y est. C'est près d'ici.

— Qu'est-ce qui…?

— Un animal, pris dans un des pièges de ma grand-mère.

— Ta grand-mère pose des pièges dans la forêt?

— Oui. Ce sont des pièges à lièvre. Le problème, c'est qu'elle oublie parfois où elle les a installés.

Même si ces histoires d'ours, d'ermite et de pièges de grand-mère n'ont rien de rassurant, Magali est fascinée par ce que lui raconte Kenny. Mentalement, elle prend des notes pour son «devoir» de français. Elle pense aussi à tout ce qu'elle va raconter à Jade. Elles se sont donné rendez-vous ce soir. La téléportation est prévue à vingt heures précises. Il ne faut pas qu'elle oublie de prendre des photos. Jade ne pourra pas dire qu'elle exagère ou qu'elle lui ment.

— Et comment faites-vous pour retrouver les pièges?

— Au son. Ma grand-mère a moins de mémoire qu'avant, mais elle a encore l'oreille fine. C'est elle qui détecte le claquement des pièges et les plaintes des animaux.

— Elle vit dans la forêt?

— Elle habite avec ma famille, à la réserve de Natashquan. Mais chaque printemps et chaque été, elle passe beaucoup de temps dans le bois. Elle prétend qu'elle vient remplir son sac de médecine pour l'année.

— Ta grand-mère dort dans le bois?

— Oui, dans un ancien campement innu, pas loin d'ici. Elle en profite aussi pour réunir toute la famille avant la saison de la pêche à la ouananiche. Si tu restais plus longtemps, tu pourrais rencontrer mes cousins et mes…

Kenny se tait soudainement, attentif aux bruits. Il descend de son véhicule et s'enfonce à pas de loup dans les buissons aux branches entremêlées.

— Hé! Attends-moi!

Pour toute réponse, l'Innu se tourne vers Magali, en faisant un signe pour lui intimer de garder le silence. Après s'être délestée de son lourd sac, son appareil photo en bandoulière, elle se glisse derrière le jeune homme sous le couvert des arbrisseaux. Pas question qu'elle reste seule dans ce pays «sauvage»!

Soudain, elle entend une faible plainte. On dirait un enfant qui pleure. Kenny a mis d'épais gants de cuir. Il se penche vers une forme blanche et rousse, au sol.

— C'est un renardeau. Il s'est pris la patte dans un piège à lièvre.

Magali prend quelques clichés du magnifique bébé renard. Mais elle s'arrête bien vite en prenant conscience que Kenny la regarde d'un air sombre.

— Au lieu de penser aux photos que tu vas montrer à tes amis, tu pourrais te rendre utile !

— Comment ?

— En allant chercher le panier, à l'arrière du quatre-roues, par exemple. On va y mettre ce petit malchanceux et l'apporter à ma grand-mère.

— Qu'est-ce qu'elle va faire de lui ?

— Du bouilli pour ce soir.

— …

— Mais non, je fais des blagues. Elle va soigner sa patte et on va le relâcher dans la forêt.

À moitié convaincue, Magali obéit et retourne vers le tout-terrain. En s'approchant du véhicule, elle remarque un homme barbu, vêtu d'une vieille chemise de chasse et coiffé d'une curieuse casquette verte, assis à la place du conducteur. Il démarre le moteur et s'élance dans le chemin, comme s'il était sur une piste de course.

— HÉÉÉÉ ! hurle Magali.

Kenny accourt à son tour.

— Espèce de vieux *kaku**! crie-t-il en donnant de grands coups de pied dans les cailloux du sentier.

— Et maintenant, qu'est-ce qu'on fait?

— Heureusement, il a laissé le panier! constate Kenny.

— Et mon sac à dos! ajoute Magali.

Sans se soucier d'elle, Kenny saisit le panier d'écorce tressée et retourne sous les branches, vers le renardeau.

«Super! Nous voilà à pied dans une forêt habitée par des animaux sauvages, un ermite fou et une grand-mère qui met des pièges partout», se dit Magali en se laissant choir sur une grosse pierre, au bord du chemin.

— Le prochain autobus n'est pas à la veille de passer, se moque Kenny en revenant vers elle.

Dans ses bras, il transporte le panier où gît le petit goupil. En voyant l'animal inconscient, Magali ne peut s'empêcher de prendre un air horrifié.

— Non, je ne l'ai pas tué, juste endormi, comme me l'a appris ma grand-mère, en le prenant par la nuque, explique le jeune Innu, comme s'il lisait dans ses pensées. Marguerite – c'est son nom – reste à environ un kilomètre d'ici. Tu crois que tu peux marcher?

— J'imagine que je n'ai pas d'autre option.

— Non, pas cette fois. Tout à l'heure, tu as choisi de me suivre. Alors, allons-y! Fais attention où tu mets les pieds. Le panier est déjà plein.

Magali suit Kenny comme son ombre, tête baissée, sans dire un mot. Elle n'ose pas regarder autour d'elle, de crainte de voir la silhouette d'un ours ou le canon d'un fusil. Un kilomètre à pied, c'est assez court lorsqu'on flâne rue Sainte-Catherine, au centre-ville de Montréal. Mais au milieu d'un bois rempli d'imprévus, c'est interminable. Pour se changer les idées, elle prend des photos du panier, qui ballotte dans le dos de Kenny. À travers les mailles d'osier, elle peut voir la fourrure pâle du bébé renard.

«Jade va être impressionnée!» imagine-t-elle.

— Si tu arrêtais de prendre des photos, on serait déjà rendus! observe son guide en réajustant les sangles du panier sur son dos.

La citadine remet docilement le couvercle sur son objectif.

— Pour avoir de bonnes histoires à raconter, il faut commencer par les vivre.

«Décidément, songe Magali, on croirait qu'il lit dans mes pensées!»

— Vous, les touristes, que vous soyez du Japon ou de Montréal, vous êtes tous pareils.

La « touriste » devient rouge de honte et de colère. Elle qui a toujours eu horreur de ces voyageurs, pendus à leur appareil, qui s'arrêtent à tout propos pour se prendre en photo devant tel ou tel monument...

Pendant un long moment, les deux adolescents gardent le silence et la nature reprend ses chants.

7

LA MAISON D'ÉCORCE

— Il y a une autoroute, près d'ici?

— Tu veux rire! dit Kenny, avant de s'esclaffer. Je te rappelle qu'on est en plein bois, à environ dix kilomètres de la route la plus proche. Et ce n'est qu'un chemin de terre qui mène au prochain village.

— Alors, pourquoi est-ce qu'on entend ce bruit de circulation intense?

Le jeune homme tend l'oreille.

— Ah! Ça... Ce n'est pas ce que tu crois.

— Un autre animal bizarre, peut-être? Excuse-moi, mais ça ressemble vraiment au son de plusieurs voitures qui filent sur l'autoroute, à l'heure de pointe.

— Attends, je te réserve une surprise.

Magali regarde Kenny d'un air perplexe. Elle n'aime pas beaucoup les «surprises» qui surgissent en pleine forêt.

— Allez, en route! Rejoignons le trafic.

Les deux jeunes reprennent leur marche au milieu de la forêt. Plus ils avancent, plus le bruit de moteur s'intensifie. On dirait maintenant les rugissements d'une flotte de camions.

— On est presque arrivés, hurle Kenny.

— Oh!

Au détour d'un sentier, Magali sursaute en apercevant une large cascade se déverser à ses pieds.

— Attention, c'est glissant, la met en garde son guide en se dirigeant vers les roches, au bord de l'eau.

Elle n'a pas le choix de suivre Kenny, qui bondit comme un jeune chevreuil sur les énormes pierres recouvertes de mousse longeant la rivière. Elles forment un escalier tortueux qui leur permet de se rendre jusqu'au sommet de la cascade. Là-haut, une autre surprise attend Magali. La forêt boréale s'ouvre sur une clairière couverte de lichen. Mais la vraie découverte, ce sont de magnifiques tentes qui se dressent fièrement dans la clairière.

— Ta grand-mère vit ici?

— Oui, dans sa maison d'écorce, explique Kenny en lui indiquant la plus petite, mais la plus jolie des tentes.

De forme conique, elle est entièrement faite d'écorce de bouleau ornée de motifs amérindiens. Les autres tentes, rectangulaires, sont beaucoup plus grosses et recouvertes de toile blanche. De la petite tente d'écorce s'élève une fumée odorante.

— Viens. Elle nous attend.

D'un geste ample, comme s'il l'invitait à entrer dans un endroit somptueux, le jeune Innu guide Magali vers l'intérieur.

— Bienvenue au château de Marguerite. Attention à la porcelaine et à l'argenterie!

Kenny se moque d'elle. Elle a cependant vraiment l'impression d'entrer dans un endroit merveilleux, habité de légendes mystérieuses. Le plancher est recouvert de branches de sapin. L'air est parfumé comme lorsque sa mère fait brûler l'encens qu'elle fait venir d'Inde. L'adolescent s'approche d'un petit poêle muni d'une cheminée, au centre de la tente. La jeune fille le suit vers la source de chaleur réconfortante.

Lorsqu'il se penche pour s'asseoir, elle voit ce que le long corps du jeune Innu lui cachait. De l'autre côté du foyer, une femme est assise au bout d'un matelas. Magali reconnaît la grand-mère qu'elle a rencontrée la veille, à L'Échouerie. Marguerite semble très occupée à préparer une mixture dans un bol de terre cuite. Sans arrêter ses gestes, elle jette un coup d'œil aux deux adolescents et fait un bref salut de la tête.

— *Kuei-kuei**! marmonne-t-elle avant de baisser les yeux sur sa préparation.

Pendant un long moment, elle ajoute des feuilles au mélange. Magali en profite pour la regarder. Drapée dans une couverture de laine, la vieille femme est coiffée d'un petit bonnet rouge qui lui couvre les oreilles. Tout en remuant énergiquement son mélange, elle fredonne d'une voix douce.

Marguerite dépose le bout de bois qui lui sert de pilon et lève les yeux vers Kenny. Elle s'adresse à lui en innu, mais Magali devine à ses mimiques qu'elle lui demande d'apporter le panier où somnole le renardeau jusqu'à ses pieds. L'adolescent s'exécute sans se presser. Sa grand-mère prononce encore quelques mots, en leur indiquant la sortie.

Kenny se redresse aussitôt et fait signe à Magali de le suivre. Elle aurait bien aimé voir l'Innue soigner le renardeau. L'aïeule lui fait un petit salut de la main et déclare d'une voix douce et rieuse :

— À bientôt, *Atimuss** frileux.

Marguerite reprend son chant pendant que les jeunes sortent de la tente. Une fois dehors, Kenny se tourne vers Magali et l'observe avec un sourire moqueur.

— Est-ce que vous riez de moi ? demande celle-ci.

— Juste un peu. C'est quand même rare que ma grand-mère trouve un surnom à quelqu'un aussi rapidement. "Chiot frileux", ça te va bien! Tu es chanceuse, Marguerite va bien s'occuper de toi si tu restes pour notre rassemblement.

— Votre rassemblement?

— Une fois par année, juste avant la saison de la pêche, toute la parenté se réunit ici pendant deux jours pour faire le *makusham**.

— C'est quoi, le *makusham*?

— Une espèce de gros party pendant lequel on mange beaucoup, on chante et on danse au son du tambour traditionnel.

— Mais moi, je dois rejoindre ma mère au village. Tu as promis de m'y conduire!

— Sans le quatre-roues? À pied, il va faire noir avant qu'on soit sortis du bois.

Contrariée, Magali se mord la lèvre. «Je suis venue ici pour passer du temps avec ma mère et je me retrouve séparée d'elle, en pleine forêt, à attendre des gens que je ne connais pas pour danser au son d'un tambour… Ma mère va s'inquiéter!»

— Vite! Viens! Mes cousins vont arriver bientôt, par la rivière.

Kenny l'entraîne vers de grosses pierres rondes qui forment des rapides. Ils s'assoient sur une roche lisse, au bord de l'eau. Bien avant Magali, le jeune Innu aperçoit la pointe d'un canot à l'horizon. Il se lève d'un bond et fait de grands gestes de ses deux bras. Immédiatement, un cri de chouette lui répond. La citadine pointe son appareil photo vers le large. À l'aide de son objectif, elle parvient à distinguer des canots qui s'approchent rapidement. Après avoir pris quelques clichés, elle range son appareil. À présent, elle peut voir à l'œil nu les grandes embarcations. Chacune est chargée de passagers et de bagages. Des cris d'enthousiasme se font entendre.

— J'espère qu'ils ne vont pas passer tout droit! s'écrie Magali en songeant aux puissantes cascades, non loin des rapides.

— Ne t'en fais pas. Les Innus naissent avec un aviron entre les mains.

Kenny n'hésite pas à entrer dans l'eau jusqu'aux cuisses pour saisir le nez du premier canot. Aussitôt, deux jeunes bondissent dans l'eau et l'aident à attraper les autres bateaux. Quelques embarcations à moteur arrivent à leur tour. Magali s'éloigne un peu de la rive afin de ne pas nuire au débarquement. Elle tente aussi de se protéger contre les éclaboussures d'eau glaciale. Kenny l'a un peu oubliée, tout à son bonheur de revoir sa famille. Il court d'un canot à l'autre pour aider à décharger les vivres et autres bagages.

Chacun semble avoir un rôle bien établi. Quelques-uns construisent une immense tente, d'autres amassent des branches, font un feu, lancent leur ligne dans la rivière… Mais tous parlent et rient en même temps.

Les longs bateaux continuent d'arriver, toujours accueillis et accompagnés jusqu'à la rive. Même si la plupart des campeurs ont moins de cinquante ans, il y a quelques aînés parmi eux. Ils laissent aux plus jeunes le soin de s'occuper de leurs bagages et des corvées. Après avoir jeté un coup d'œil aux deux caribous chassés en cours de route, ils se dirigent vers la petite tente d'écorce de Marguerite.

Une fillette au sourire malicieux s'approche de Magali et lui demande :

— Tu es qui, toi ?

— Je m'appelle Magali. Et toi ?

— Marguerite. Comme ma grand-mère. Elle m'a aussi donné un autre nom. Elle m'appelle *Tina**, l'hirondelle de mer, parce que j'aime me promener partout.

— Tu es une cousine de Kenny ?

— Oui. Et toi ? Sa petite amie ?

— Euh… non! On se connaît seulement depuis hier. Kenny me sert de guide pour la journée.

— Toi aussi, tes parents te font manquer l'école pour venir dans le bois?

— Pas tout à fait. Moi, j'accompagne ma mère qui est en voyage pour son travail.

— C'est quoi son travail?

— Elle se promène partout dans le monde pour vendre des épices.

Bien vite, leur conversation est interrompue par une nuée d'enfants qui s'approchent d'eux et regardent Magali avec curiosité. Les remarques et les questions fusent de toutes parts.

— D'où tu viens?

— Tu es une nouvelle cousine?

— Tu ne ressembles pas à une Innue. Encore moins à une *Macacaine**. Ta peau est vraiment foncée et tu as les cheveux tout bouclés.

— Mes grands-parents sont indiens. Pas indiens comme vous… euh…

Les enfants la dévisagent d'un air perplexe pendant un court instant. Puis, aussi vite qu'ils se sont approchés, ils s'éloignent en riant. Restée seule, assise sur une souche d'arbre, Magali décide d'en profiter pour écrire un peu dans son carnet de bord. Il y a tant de choses qu'elle ne veut pas oublier : la forêt et les ours, l'ermite, le renardeau, la grand-mère et le campement, l'arrivée des canots... Elle ouvre son sac à dos et y plonge le bras. Étonnée de ne pas trouver ce qu'elle cherche, elle jette un coup d'œil à l'intérieur. Puis, elle entreprend de vider tout le contenu à ses pieds.

— As-tu perdu quelque chose ? demande Kenny qui s'est approché d'elle.

— Mon carnet. Tu sais, le livre avec une tête de Montagnais dessus.

— Tu l'as peut-être laissé à l'auberge, ce matin.

— Non. Je suis certaine de l'avoir emporté. Il était dans mon sac, quand on s'est arrêtés pour le... Ouch ! Qu'est-ce que... ?

Magali retire vivement sa main du sac. Une goutte de sang perle à son index.

— Je peux voir ce qu'il y a dedans ?

Sans attendre la réponse, Kenny examine l'intérieur du sac. Il en ressort une grosse épine, pointue comme une aiguille.

— C'est le vieux *kaku* qui a emprunté ton livre.

— *Kaku* ?

— Le vieux porc-épic, c'est comme ça qu'on appelle l'ermite de la forêt. Cette aiguille, c'est sa signature. Je crois qu'il va te remettre ton carnet quand il aura terminé.

— Terminé quoi?

— De se prendre pour un *katimetsheshut**, un Innu des bois, un esprit qui se déplace avec l'air et qui joue des tours.

— Ça peut lui prendre du temps, avant de rendre les choses qu'il emprunte?

— Mmm… C'est dur à dire. Une heure… un jour… dix ans…

— Dix ans?

— S'il s'en souvient!

— Oh, non! Est-ce qu'il peut oublier de te rapporter le quatre-roues pendant aussi longtemps?

— Ma grand-mère va lui chauffer les oreilles, s'il fait ça. Mais là, je ne peux pas trop la déranger. Pas pendant le cercle des aînés. De toute façon, je sais ce qu'elle va dire: "Dans le bois, tout appartient à tout le monde."

— J'y pense: je peux appeler ma mère! clame Magali en s'emparant de son cellulaire.

— Pas de réseau. Tu es dans le bois, dans une région isolée. C'est pour ça que les anciens veulent qu'on se rencontre ici. Pas d'électricité, d'ordi, ni de téléphone. Pendant nos réunions de famille, on vit comme nos ancêtres.

Furieuse, Magali trépigne de colère.

— Tu t'exerces pour le *makusham*?

Soudain, les cris des enfants se font plus intenses.

— *Mashk** ! *Mashk* ! hurlent-ils en pointant du doigt un quatre-roues qui sort du bois.

Le conducteur semble transporter un passager étonnamment gros et poilu dans une petite remorque accrochée à son véhicule. Lorsque Magali prend conscience de ce que c'est, elle devient hystérique et se met à hurler à son tour:

— Un ours! Un vrai ours!

Kenny la saisit par les épaules et tente de la calmer.

— Il ne peut pas te faire de mal. Il est mort.

Bouleversée par tant d'émotions et d'événements imprévus, la jeune citadine s'assoit par terre et éclate en sanglots. Cette fois, c'est Kenny qui est troublé. Il s'écarte d'elle comme il l'aurait fait d'un animal menaçant.

— Tu n'as jamais vu une fille pleurer, *Maikan**? demande sa grand-mère qui les a rejoints.

Les aînés, prévenus par les enfants, sont sortis de la tente d'écorce. À présent, tout le clan entoure le chasseur et son ours, sauf

Marguerite et Magali. La vieille dame chante une sorte de berceuse, tout en caressant les cheveux de l'adolescente. Lorsque Magali se calme enfin, l'aînée lui dit :

— Allons voir ce terrible *mashk*. Dans la vie, il faut savoir regarder ses peurs en face.

Marguerite et Magali, bras dessus, bras dessous, s'approchent lentement de l'ours, toujours assis dans sa voiturette.

— On dirait qu'il dort.

— C'est vrai, il dort de son dernier sommeil. Tu sais, *Atimuss*, la chasse à l'ours est très importante pour notre communauté. L'ours est notre *numushum**, notre grand-père. Nous essayons toujours d'en chasser un pour notre réunion familiale. En plus, sa viande donne beaucoup d'énergie et même d'intelligence à celui qui la mange. Tu pourras y goûter, si tu veux.

Même si elle est presque rassurée, Magali n'est pas certaine de vouloir manger de l'ours pour son prochain repas. Elle fixe le visage de l'animal et pense à son vieux *teddy bear*, qui occupe encore une place de choix sur son lit, un cadeau de son *numushum* à elle.

Pendant qu'elle regarde le mammifère et tente d'apprivoiser sa peur, Kenny s'entretient avec sa grand-mère. Il lui relate les événements de la journée. Le terme *kaku* revient à plusieurs reprises dans la conversation. Le jeune homme utilise parfois quelques mots en français, comme «quatre-roues», «cellulaire», «sac à dos», qui attirent l'attention de Magali. «Je suis certaine qu'ils parlent de moi», se dit-elle en faisant mine de ne pas prêter attention.

La conversation s'achève sur un grand éclat de rire. L'adolescente se retourne et voit la grand-mère se taper sur les cuisses en répétant une phrase en innu. Tous se mettent aussitôt à rire en chœur, sauf Magali, qui n'a rien compris.

— Viens avec moi, *Atimuss*, l'invite la vieille femme en prenant sa main et en l'entraînant vers sa maison d'écorce.

8

BANNIQUE ET PAPADUM

— Je ne savais pas qu'il y avait un décalage horaire entre la Côte-Nord et Montréal.

— De quoi tu parles, Jade?

— Il me semblait qu'on devait se téléporter hier soir, à vingt heures...

— Si tu ne m'interrompais pas tout le temps, tu saurais déjà pourquoi je n'ai pas pu.

— D'accord, d'accord, je vous écoute, commandant Magou.

— Où est-ce que j'en étais?

— La grand-mère de ton bel Indien t'entraînait dans sa maison d'écorce pour éviter que tu sois dévorée par un ours affamé.

Avant de poursuivre son récit, Magali pousse un soupir d'exaspération.

— Bon! Alors, Marguerite, la grand-mère de Kenny, et moi, on est entrées dans la tente...

— ... Marguerite? Elle a un nom français?

— Pourrais-tu garder tes questions pour la fin?

Jade hoche la tête.

— ... on entre donc dans la tente, et là...

— ... il y avait un loup?

— NON! s'impatiente Magali en regardant son amie comme un taureau qui voit rouge.

— Continue! S'il te plaît! S'il te plaît! Je me tais.

— Promis?

Jade acquiesce de nouveau de la tête en pinçant ses lèvres comme pour les sceller ensemble.

— Alors, dans la tente, le renardeau, qui avait repris connaissance, gigotait dans le panier en poussant des gémissements, comme un petit chien.

— Un chiot... Comme ton surnom innu, *Atiti*!

— *Atimuss*... Kenny est entré dans la tente et a pris le panier en disant qu'il allait relâcher le petit renard dans le bois.

— Il était guéri? ...oups! Excuse-moi... Je ne parle plus.

— Oui. D'après ce que j'ai pu voir, sa grand-mère a réussi à lui faire un pansement avec une sorte de pâte collante qui sentait la gomme de sapin. Quand Kenny est parti avec le renardeau, Marguerite est allée vers le fond de la tente. Sur une table, il y avait un objet recouvert d'un tissu noir. Avec des gestes de magicienne, elle a enlevé le tissu d'un coup et devine ce qu'elle a fait apparaître.

— Un lièvre?

— Non! Un vieil appareil radio, avec des boutons, un micro et un gros casque d'écoute. C'est le seul mode de communication qu'ils ont, au campement, pour échanger avec leur communauté à Natashquan.

— Je croyais qu'ils s'envoyaient des signaux de fumée.

— Hum!

— Attends. Je devine la suite: Marguerite a commandé de la pizza pour tout le monde!

Les deux amies, à 1300 kilomètres l'une de l'autre, éclatent du même fou rire qui les plie en deux pendant plusieurs minutes. Magali ne sait pas ce qu'elle trouve le plus drôle: le commentaire de Jade ou son visage à l'envers sur l'écran de sa tablette.

— J'ai fait tomber la caméra. Attends... Bon, tu peux continuer.

Après s'être essuyé les yeux et avoir repris son sérieux, Magali poursuit son récit.

— Marguerite n'a réussi à joindre personne, avec son appareil radio. J'étais vraiment découragée. Tout d'un coup, on a entendu une pétarade de moteurs dehors. Marguerite a fait un grand sourire et m'a appris que sa parenté de Natashquan venait d'arriver. On est sorties de la tente au moment où plusieurs quatre-roues se stationnaient, au bout du campement. Au milieu de tous ces Innus contents de se retrouver, il y avait ma mère, qui me cherchait du regard.

— Fiou! Tu devais être contente de la voir!

— Oui! Et tu sais qui l'a conduite jusqu'ici?

— Le père de Kenny?

— Non.

— Euh… le livreur de pizza?

— Très drôle!

— Je ne vois vraiment pas qui.

— Le vieux *kaku*, l'ermite de la forêt. Quand il est arrivé à Natashquan, il n'a rien raconté à ma mère, mais il lui a tendu mon carnet de bord et lui a fait signe de monter. C'est lui qui a conduit ma mère sur le quatre-roues de Kenny.

— Ta mère n'a pas eu trop peur de lui?

— Non. Elle aurait pu embarquer avec quelqu'un d'autre, puisqu'ils étaient plusieurs à venir au rassemblement. Elle a choisi de monter avec lui parce qu'il conduisait un quatre-roues de couleur…?

— Rouge!

— Bonne déduction, capitaine Jadok! Par contre, elle m'a avoué qu'il puait tellement qu'elle a dû se boucher le nez pendant tout le trajet.

— Pouah!

— Tu aurais dû voir la grand-mère de Kenny lui chauffer les oreilles, au vieux *kaku* ! Elle lui parlait à moitié en innu et à moitié en français. Lui, il la regardait comme s'il avait honte de ce qu'il avait fait.

— Il est vraiment bizarre, ce bonhomme. Est-ce que tu crois qu'il est fou ?

— Je ne sais pas. Peut-être... Tu sais, quand j'y réfléchis, on dirait qu'il voulait nous attirer dans le bois, ma mère et moi.

— Pourquoi penses-tu ça ?

Magali hausse les épaules.

— Aucune idée. J'étais soulagée, mais en même temps, un peu triste quand je l'ai vu repartir dans le bois, tout seul et en pleine noirceur, avec le petit paquet de nourriture que lui a donné Marguerite.

— Et après ? Vous êtes restées chez les Indiens-Innus ?

— Oui, on a fait le *makusham* avec eux, une sorte de gros party de famille élargie. Je ne sais pas à quelle heure ça s'est terminé. Je me suis endormie au coin du feu, dans une grosse tente remplie de matelas, en écoutant des légendes en innu que racontaient les aînés. On est restées au campement jusqu'à ce matin, puis on est revenues à l'auberge.

— Est-ce que tu as mangé de l'ours, finalement ?

— Non, mais j'ai goûté à des trucs vraiment bizarres. Des choses que je ne pensais jamais manger de ma vie.

— Comme?

— Attends, je vais te raconter la soirée. Tout d'abord, les Innus avaient allumé des feux de camp un peu partout, devant les tentes. Chaque famille faisait cuire quelque chose et, petit à petit, quand un plat était prêt, un enfant le prenait et allait faire la distribution. Il y avait du poisson, du caribou, de l'outarde, du castor…

— Du castor?

— Oui. Ça ressemblait un peu à la recette de porc effiloché que fait mon père. Le castor était servi sur des canapés, avec un petit coulis de gras fondu. Ce n'était pas mauvais, mais un peu fade.

— Ta mère et toi, vous avez cuisiné aussi?

— Oui. On s'est installées près de Marguerite et des autres femmes qui faisaient cuire de la bannique.

— Jamais goûté.

— Je crois que tu aimerais ça. C'est une sorte de pain rond, un peu plat, qui est cuit dans le sable, sous les braises d'un feu de camp. Quand la bannique est cuite, il faut la gratter pour ôter le sable. Puis, on la coupe en tranches. C'est vraiment bon! Surtout avec leur confiture de petits fruits.

— Miam! Et vous, qu'est-ce que vous avez préparé?

— J'ai aidé ma mère à faire un cari de saumon en papillote. C'était assez drôle, parce que tous les anciens venaient voir ce qu'on cuisinait, comment on s'y prenait, ils nous donnaient des conseils... Ma mère les écoutait, car elle voulait s'inspirer de leur art culinaire pour préparer son saumon. Elle avait apporté son sac d'épices, mais elle a aussi ajouté des baies et des herbes de Marguerite.

— C'était réussi?

— Oui. Les baies donnaient un goût délicieux au poisson. Ma mère était comme un de ces grands scientifiques qui font une importante découverte. Elle voulait tout savoir sur les baies qui poussent ici. Je l'ai aussi aidée à préparer ses fameux papadums.

— Miam! Ça, c'est bon.

— Surtout cuits sur un feu de bois. Tu aurais dû voir la réaction des Autochtones! Ils trouvaient ça très drôle, ces espèces de galettes qui fondent sur la langue. Ils n'arrêtaient pas de rire et de se parler en innu en regardant les papadums. Il y en a qui ont aimé et d'autres qui ont préféré se les lancer comme des frisbees. On a bien ri!

— Vous avez mangé toute la soirée?

— Une bonne partie. Jusqu'à ce qu'on entende des sons de tambour.

— Un groupe rock dans la forêt?

— Ben voyons! s'écrie Magali en regardant son amie à l'écran d'un air exaspéré. Dès les premiers coups de tambour, les Innus se sont dirigés vers la grande tente qu'ils avaient montée dans l'après-midi. Les aînés qui étaient assis près de nous se sont levés eux aussi et nous ont fait signe de les suivre. "Venez, nous allons tous danser et chanter sous le *shaputuan**", a expliqué Marguerite.

— Le *chapu*... quoi?

— *Sha-pu-tu-an*! C'est une très grande tente, où tout le monde se réunit. Quand on est entrés, plusieurs Innus dansaient en cercle autour d'un feu. Au fond, un homme assez âgé frappait sur un grand tambour en chantant. Comme tu dois t'en douter, ma mère s'est aussitôt mise à agiter ses bracelets et, très vite, une petite Innue est venue la chercher pour entrer dans le cercle.

— Et toi? Tu ne dansais pas?

— Non. Je préférais admirer et prendre quelques photos. Regarde!

Magali tourne son appareil vers l'écran et fait défiler les clichés qu'elle a pris devant les yeux ébahis de Jade.

— Il y en a qui sont costumés.

— Oui, surtout les enfants et les aînés. Ce sont leurs vêtements traditionnels.

— Wow! C'est qui ce beau gars-là, à côté de l'entrée?

— Kenny.

— Houuu! Tu ne dois pas trop t'ennuyer de Thierry!

— Si ça peut te rassurer, Kenny a une copine. Justement, en parlant de Thierry…

— Tout est sous contrôle. J'ai séquestré toutes les belles filles de la classe dans l'armoire à balai du concierge.

— Ha! Ha! Est-ce que tu crois que je devrais lui envoyer un texto? L'appeler?

— Quoi? Tu ne l'as pas encore fait? Qu'est-ce que tu attends? Je ne pourrai pas retenir ses admiratrices encore longtemps!

— Ouais… Il faudrait bien que je me décide…

— Allez, capitaine Magou! Le vaisseau *Entreprise Séduction* a besoin de vous!

— Message reçu, commandant Jadock!

— Vous me ferez votre rapport demain soir, capitaine.

9

L'HOMME QUI VIVAIT
DANS UN BATEAU

Après avoir terminé sa conversation avec Jade, Magali reste assise sur son lit, indécise. Va-t-elle écrire dans son carnet de bord la fameuse histoire du chasseur d'ours avant de l'oublier, ou envoyer un texto à Thierry avant qu'une autre fille prenne sa place?

Tandis qu'elle hésite entre son confident à tête d'Indien et son presque petit ami, sa mère entre dans leur chambre.

— Te voilà, Sajani! Je te cherchais. Je crois qu'il va falloir prolonger notre séjour à Natashquan.

— Et ton rendez-vous à Havre-Saint-Pierre?

— Reporté! Ce matin, en allant voir le garagiste, j'ai rencontré un monsieur très intéressant. Il connaît beaucoup de choses à propos de la Côte-Nord et pourrait me donner de précieux renseignements sur la meilleure façon de faire du commerce avec les Innus, pour que je puisse me procurer leurs fameuses petites baies et leurs plantes aromatiques.

— Il habite près d'ici ?

— Oui, juste à côté des magasins.

— Il y a un centre d'achat à Natashquan ?

— Je crois, oui. On pourrait aller chercher l'auto en début d'après-midi, se faire une petite virée de magasinage, puis aller prendre le thé chez monsieur Lafortune.

— Bon, ça me va.

— Super ! Tu sais, je suis vraiment contente de faire ce voyage avec toi, ma belle Sajani. J'espère que tu ne t'ennuies pas trop.

— La seule chose dont je m'ennuie, c'est d'une bonne poutine.

— Justement ! J'ai entendu dire que juste en face de notre auberge, il y a un resto qui sert ce genre de mets recherchés. On y va ?

— Miam ! s'écrie Magali en sautant du lit directement dans ses espadrilles.

Le restaurant John Débardeur est posé sur le bord de la rivière comme une goélette en cale sèche. À l'intérieur, on se croirait dans un bateau. Câblots, hublots, ancres et photos marines composent un décor pittoresque et unique en son genre. Mais ce qui surprend davantage, ce sont les quatre serveuses qui se ressemblent comme des gouttes d'eau. Vêtues de chemises blanches à épaulettes, on dirait des officières de la marine.

La plupart des tables sont déjà occupées, autant par des Innus que par des *Macacains*. En attendant leur repas, Magali raconte à sa mère son aventure avec Kenny, le sauvetage du renardeau, le vol du quatre-roues… Alisha écoute sa fille avec beaucoup d'intérêt. Elles n'ont pas souvent la chance de rester si long-temps ensemble, toutes les deux. Soudain, du coin de l'œil, Magali aperçoit une silhouette sombre, non loin d'elles, de l'autre côté de la fenêtre. La brume qui enveloppe le paysage d'un voile blanc l'empêche de distinguer clairement de qui il s'agit, mais, l'espace d'un instant, elle croit le reconnaître.

— Maman, regarde!

— Où?

— Là, au bord de l'eau.

— Attends, je mets mes lunettes.

— Trop tard, il est parti.

— Qui as-tu vu?

— Je crois que c'était l'ermite des bois, le vieux *kaku*.

— Ce charmant monsieur qui ne parle pas et qui sent un peu fort? Je voulais juste-ment le remercier. Où est-il passé?

— Je ne sais pas. Il a disparu dans la brume.

À cet instant, la serveuse s'approche de leur table avec deux assiettes bien remplies.

— Une poutine acadienne pour la jeune fille et un club sandwich pour vous, madame.

Aussitôt servie, Alisha sort de son sac à main deux petites salières. Elle défait le montage de triangles de pain et saupoudre la garniture de homard de ses savants mélanges d'épices. Tout à son bonheur de savourer sa poutine, Magali accorde peu d'attention aux expériences culinaires de sa mère. Après le castor et la bannique aux petits fruits, son mets préféré n'a jamais eu si bon goût!

— Tu veux goûter, Sajani? J'aimerais savoir quel mélange tu préfères : Vent du large ou Embruns piquants?

— Bah! Il n'y a rien comme la mayo en sachet pour rehausser un club sandwich.

Concentrées sur leurs assiettes, elles n'ont pas remarqué que le casse-croûte s'est vidé presque d'un coup. Dans un coin de la salle, les quatre sœurs les regardent avec curiosité.

— Maman, il n'y a plus de clients, chuchote Magali.

— Oh! Et on dirait qu'elles attendent qu'on ait terminé pour fermer leur restaurant.

Une des quatre officières de la marine gourmande s'avance tranquillement vers elles. Sur la manche de sa chemise, elle porte un galon de plus que ses sœurs. « C'est

sûrement elle la commandante du resto»,
songe Magali.

— Monsieur Vigneault nous a parlé de
vous. Il paraît que vous vous intéressez à
notre cuisine régionale.

— Les nouvelles vont très vite, dans
votre village, répond Alisha en hochant la
tête.

— Nous ne sommes que 250 habitants,
de ce côté-ci du village. On dit que lorsque
quelqu'un a le rhume, tous les voisins se
mouchent.

Une autre officière s'approche d'elles et
leur tend deux morceaux de gâteau nappés
d'une sauce orangée.

— Il faut que vous goûtiez à l'une de nos
spécialités, notre gâteau à la chicoutai.

Alisha observe son dessert avec curiosité.

— C'est un des petits fruits qui poussent
partout, par ici?

— Oui. C'est une baie sauvage qui ressemble à une framboise. Elle devient orange
lorsqu'elle est mûre. Ce n'est pas la saison,
mais chaque été, on en fait des provisions.
On les congèle ou on les fait sécher, et on les
garde pour les occasions spéciales, comme
lorsqu'on reçoit de la grande visite.

— Oooh! C'est délicieux! N'est-ce pas,
Sajani?

Après leur copieux repas et la centaine de petits saluts d'Alisha, la mère et la fille sortent du restaurant et se dirigent vers le garage.

— On y va à pied? s'inquiète Magali, qui a en mémoire sa marche interminable de la veille.

— Rien de tel qu'un peu d'exercice pour digérer!

Elles n'ont pas à aller bien loin. À Natashquan, les services essentiels sont tous regroupés à quelques pas de marche.

Monsieur Malek, le propriétaire du garage, leur annonce que la voiture est prête.

— L'agence de location ne vous a pas offert le modèle de l'année! remarque-t-il en leur remettant les clés.

— Oh! Ils m'en ont proposé d'autres, vous savez. C'était mon choix. J'aime beaucoup les autos rouges.

— Comme je vous l'ai dit ce matin, j'ai appelé le gérant de l'agence et il est prêt à vous fournir un autre véhicule.

— Non, non. J'aime bien celui-ci.

Le garagiste explique à Alisha qu'il a réparé l'essieu de la roue, changé les essuie-glaces, mais que la meilleure chose à faire serait de mettre cette vieille voiture à la casse.

Sa cliente se contente de sourire en hochant la tête.

Encore une fois, Magali pense à son père qui refuserait sûrement de laisser Alisha conduire un tel tas de ferraille.

Avant de partir, la conductrice s'informe de la route à suivre pour se rendre aux magasins des Galets.

— Tout droit vers l'est jusqu'à la rue des Galets, puis à droite, jusqu'au bord de la mer. Vous ne pouvez pas les manquer. Ce sont de petites maisons blanches aux toits rouges.

— Merci mille fois, monsieur Malek.

— Et surtout, n'allez pas trop vite ! Ces freins sont usés à la corde.

Ses derniers mots sont enterrés par le vrombissement du moteur. Tout à son bonheur de récupérer son véhicule, Alisha chantonne. Même Magali n'est pas mécontente de retrouver le confort très relatif de la petite voiture, qui est toujours mieux que le quatre-roues de Kenny !

— Maman ! Je crois qu'on vient de dépasser la rue des Galets.

Alisha freine aussitôt. Au lieu de s'immobiliser, la voiture fait demi-tour et se retrouve au coin de la rue des Galets.

— Que dis-tu de ça, Sajani ? Cette auto nous obéit au doigt et à l'œil.

La conductrice emprunte le petit chemin qui semble se jeter dans la mer.

— Je crois que tu devrais déjà penser à arrêter, car on est presque rendues au bout de la rue.

Après un long crissement de pneus, le véhicule consent enfin à s'immobiliser.

— Es-tu certaine qu'on est dans la bonne rue ? s'enquiert Magali en voyant apparaître le bosquet de foin de mer devant elles.

— Regarde, là-bas, s'écrie Alisha en pointant de charmantes maisonnettes blanches et rouges. Ce sont sûrement les magasins des Galets… ou plutôt les boutiques !

— En tout cas, il n'y a pas beaucoup de clients.

— Viens, allons voir.

Elles s'approchent et tentent d'ouvrir la porte d'une des boutiques.

— Ça a l'air fermé.

— Celle-là aussi. Ils ont peut-être fait faillite.

— En tout cas, ce ne sont pas des magasins de nouveautés ! Il y a plein de vieux trucs à l'intérieur.

Pendant que sa fille a le nez collé à la fenêtre, Alisha fait le tour des maisonnettes, posées sur d'énormes galets lisses et plats comme sur un immense jeu de Monopoly.

— C'est curieux, monsieur Lafortune m'a expliqué qu'il habitait tout près des magasins. Mais je ne vois pas d'habitations.

— Wow! s'exclame soudain Magali. Regarde là-bas!

À une centaine de mètres d'elles, un énorme bateau mauve se dresse fièrement sur un promontoire d'herbe jaune. Enveloppé de brume, il semble suspendu entre ciel et mer. Pendant que sa mère cherche ses lunettes, Magali ne quitte pas le vaisseau des yeux.

— Il y a quelqu'un sur le pont du bateau. Il nous fait des signes de la main.

— C'est lui. C'est monsieur Lafortune. Allons-y, Sajani.

Magali laisse sa mère la devancer et prend quelques clichés du bateau-maison et des magasins d'un autre siècle. Le paysage a des airs fantomatiques, avec ces volutes de brouillard qui s'élèvent des plaques de glace fondante, sur la mer.

Un bruit sec et percutant déchire le silence de la baie. Magali tourne la tête si vivement qu'elle entend un craquement dans sa nuque.

Pow! Pow!

Cette fois, aucun doute, il s'agit de coups de feu. Paralysée par la peur, elle voit un grand oiseau effectuer un ultime plongeon vers la grève. Puis, à travers les filets du brouillard, une silhouette familière se dessine. L'homme tient une longue carabine entre ses mains. Magali s'enfuit à toutes jambes vers le bateau-maison. Elle gravit la passerelle et rejoint sa mère et leur hôte sur le pont.

— Tiens, justement, la voilà… Monsieur Lafortune, je vous présente ma fille, Magali-Sajani.

— Bonjour, jeune fille.

— …

— Est-ce que c'est moi qui te fais peur ?

— Non, monsieur. J'ai vu le *kaku* ! explique-t-elle en se tournant vers sa mère.

— Encore ? s'écrie Alisha.

— Tu as vu un porc-épic ? demande monsieur Lafortune.

— Non. J'ai vu l'ermite de la forêt. Celui que les Innus appellent le vieux *kaku*.

— Ah, oui ! Je le connais. Tu es certaine que c'était lui ? Il ne sort pas souvent du bois.

— Oui. Il avait une chemise de chasse et une casquette verte. Il tenait un fusil dans ses mains. Je crois qu'il venait de tuer un grand oiseau.

— En ce moment, il y a beaucoup d'hommes qui portent des chemises de chasse et une casquette. La saison de la chasse à l'outarde vient de commencer, et plusieurs se promènent avec leur fusil pour les chasser. Même moi! précise-t-il.

— Excusez-nous, cher monsieur, mais à Montréal, on ne voit guère de chasseurs, et encore moins de gens se promenant avec une carabine!

— Je sais. Je reste en ville pendant l'hiver. Mais je suis comme ces outardes, je reviens à Natashquan chaque printemps. Venez, le temps est un peu froid pour faire les mouettes sur le pont. Je vous invite à visiter l'intérieur de ma goélette. Je crois que ma Rose des sables a préparé quelque chose pour nous réchauffer.

Gilles Lafortune n'est pas peu fier de son bateau. Tout en faisant visiter aux deux Montréalaises les pièces ornées de hublots, il leur raconte comment il a acheté et fait échouer l'embarcation qui lui sert de maison d'été.

— Et ce n'est pas tout. Il a fallu hisser le bateau sur ce promontoire à l'aide d'un cabestan, une sorte de treuil manuel, comme dans l'ancien temps. On a failli le faire tomber au moins trois fois! Venez, je vais vous présenter ma Rose des sables.

Le propriétaire les invite à gravir le petit escalier qui mène à l'étage supérieur. À côté de la rampe, Magali remarque un système de rail et une chaise fixée à celui-ci. Lors-qu'elles arrivent en haut, la mère et la fille poussent une exclamation de ravissement. Une belle pièce entièrement vitrée permet de voir la mer comme si le bateau flottait dessus. Des fauteuils autour d'une table basse invitent à la détente. À l'avant, une superbe barre à roue leur rappelle que la maison a déjà tangué sur les flots.

— C'est la pièce préférée de ma fiancée, leur apprend monsieur Lafortune. N'est-ce pas, Rose?

Magali se tourne vers leur hôte. Près de lui, une femme en fauteuil roulant leur sou-rit et les convie à prendre le thé.

— Gilles m'a dit que vous vous intéres-sez beaucoup à nos produits locaux.

— Oui, lui répond Alisha. Je suis agente commerciale pour l'entreprise de ma famille, Trésors d'Orient. Jusqu'à présent, nous avons mis en marché des épices et des mélanges concoctés et ensachés en Inde par mes parents et mes frères. Mais je veux à présent déve-lopper notre commerce au Québec. J'aimerais créer des mélanges d'herbes et d'épices afin d'apprêter les viandes et les poissons d'ici. Hier, lors de notre visite au campement innu, j'ai cuisiné avec quelques aînées qui m'ont fait découvrir vos épices et vos petits fruits séchés.

— Ah! Vous avez rencontré ma sœur.

Magali remarque alors la ressemblance entre Rose et la grand-mère de Kenny.

— Vous êtes la sœur de Marguerite?

— On ne peut rien te cacher, *Atimuss*!

— Elle vous a parlé de moi? Je croyais qu'elle restait toute la semaine dans le bois.

Rose fait pivoter son fauteuil et s'avance vers la fenêtre arrondie, à l'avant de l'embarcation. Entre la barre à roue et un énorme télescope, Magali reconnaît le même appareil radio que celui de Marguerite, qu'elle avait remarqué dans sa tente d'écorce.

— Ici, j'ai l'impression non pas d'avoir l'usage de mes jambes, mais qu'il me pousse des ailes et que je pourrais m'envoler comme ces oiseaux de mer, déclare la femme en ouvrant les bras devant le panorama. Comme je peux difficilement me déplacer sur terre, cette radio me permet d'être dans la forêt en même temps que le reste de ma famille. C'est moi qui fais le relais, s'il y a un message à transmettre entre le campement et le village. Ma sœur et moi, on s'appelle tous les jours.

— C'est donc avec vous que Marguerite a parlé, quand j'étais dans sa tente.

— Oui, *Atimuss*. J'ai malheureusement manqué son appel la première fois. J'étais dans l'escalier et le mécanisme de ma chaise s'est enrayé. Quand je l'ai rappelée plus tard, Marguerite m'a raconté tout ce qui t'était arrivé. J'aurais bien aimé voir ça !

— Je peux vous montrer mes photos.

Pendant un moment, tête contre tête, Magali et Rose regardent défiler les images sur l'appareil photo. La jeune fille les commente de son mieux, mais parfois, Rose ne peut s'empêcher d'intervenir.

— Notre auto dans le fossé… Le camion du père de Kenny… Ça, je ne sais pas ce que c'est. On dirait des lutins qui font le guet sur le bord du chemin.

— Ce sont des inukshuks, un art emprunté aux Inuits, qui vivent plus au nord. Au départ, ces sculptures faites d'assemblages de pierres servaient à retrouver son chemin sur les vastes territoires de chasse du Labrador. Maintenant, je ne sais pas trop quelle est leur fonction. Mais ils sont amusants à regarder, et ils font jaser les touristes, explique Rose.

Puis, elle éclate de rire. Du même rire espiègle que Marguerite. Gilles Lafortune ne peut s'empêcher de s'esclaffer, lui aussi.

— On peut dire que tu as eu tout un baptême! Un tour dans le camion de Paul Siméon, une balade en quatre-roues dans le bois, un sauvetage de renard, un ours, un *makusham* et une nuit sous le grand *shaputuan*... Il y a bien des touristes qui paieraient une fortune pour vivre ça!

— Je crois que ce qui a le plus impressionné ma fille, c'est sa rencontre avec l'ermite des bois.

Le rire enfantin de Rose s'éteint subitement. Elle lève les yeux de l'appareil photo et dévisage Magali d'un air sérieux.

— Est-ce qu'il t'a volé ou emprunté quelque chose de personnel?

— Oui. Il m'a pris mon carnet de bord. Pourquoi?

— Non... ce n'est rien. Rien d'important, en tout cas.

Gilles fixe sa conjointe, un petit sourire aux lèvres.

— Même si tu es mariée à un Blanc, tu ne peux pas t'empêcher d'avoir tes croyances, ma belle Indienne du Nord.

— Je crois surtout que ça ne vaut pas la peine d'en parler, c'est tout.

— Moi, j'ai eu l'impression que ce monsieur qui sent le porc-épic avait emprunté le carnet de ma Sajani afin de me faire comprendre qu'il savait où elle était et qu'il pouvait me conduire jusqu'à elle.

— Chez nous, on pense qu'il ne faut pas lui faire confiance.

— Votre sœur Marguerite l'appelle le vieux *kaku*.

— Son vrai surnom est *kuekuatsheu**. Et ça ne veut pas dire "porc-épic", mais "carcajou".

Alisha et Magali sont suspendues aux lèvres de l'Innue. Plus question pour elle de se taire.

— *Kuekuatsheu*, répète-t-elle en insistant sur chaque syllabe. Il veut donner des leçons à tout le monde. Il emprunte des objets, souvent pour montrer aux gens qu'ils peuvent s'en passer.

— Comme le quatre-roues de Kenny! Mais pourquoi m'a-t-il emprunté mon carnet et pas mon cellulaire?

— Bah! C'est juste un joueur de tours, commente Rose en détournant le regard.

— C'est drôle, j'ai l'impression que vous nous cachez quelque chose, risque Alisha.

Monsieur Lafortune s'avance sur sa chaise et replace ses petites lunettes sur son nez aquilin.

— Si Rose le permet, je pourrais vous expliquer ce qu'est un carcajou, dans la mythologie amérindienne.

La femme approuve silencieusement.

— Tout commence par une légende. Autrefois, pendant un hiver très rigoureux, un chasseur innu conclut un pacte avec les loups. Ceux-ci devaient l'aider à chasser, mais en échange, le chasseur s'engageait à partager le fruit de la chasse avec eux. Sinon, les bêtes lui jetteraient un sort terrible. Ce jour-là, pour la première fois depuis le début de l'hiver, la chasse fut très fructueuse. Mais l'homme ne tint pas sa promesse. La nuit suivante, pendant que les loups sommeillaient, il s'enfuit avec tous les animaux qu'ils avaient chassés. Lorsque les loups constatèrent que le chasseur n'avait pas tenu parole, ils lui jetèrent un sort. L'homme fut transformé en carcajou. Il ne put jamais retourner auprès des siens, qui ne le reconnaissaient pas. Depuis ce temps, il rôde dans les bois, moitié homme et moitié animal, comme notre ermite.

— Il a l'air d'un humain, mais il sent vraiment l'animal ! lance Alisha.

— Pour ça, vous avez raison, Alisha. Parfois, on ne le voit pas, mais on "sent" sa présence. Certains pensent qu'il lui arrive de jouer des tours aux humains pour se distraire et pour leur donner des leçons, leur montrer des choses.

— Vous pensez qu'il veut me donner une leçon? s'enquiert Magali.

— Peut-être… c'est dur à dire!

— Et il vit toujours dans le bois? Même en hiver?

— En fait, c'est surtout l'été qu'on l'aperçoit rôder en forêt. L'hiver, personne ne sait ce qu'il devient. Peut-être qu'il fait comme moi et qu'il retourne en ville, conclut monsieur Lafortune.

— Si on changeait de sujet? propose Rose. Je vous ai préparé un thé du Labrador, une autre plante qu'on retrouve par ici.

— Tu as raison, ma Rose des sables. Il vaut mieux ne pas trop parler de ce qu'on connaît mal.

10

L'HISTOIRE DU CHASSEUR D'OURS

Les adultes, absorbés par leur conversation, ont à peine remarqué Magali, qui a lentement dérivé à l'autre bout de la pièce. Elle se laisse choir dans un fauteuil capitaine et ouvre son sac à dos. Elle en retire son précieux carnet de bord et un stylo.

Jour 2 – Bateau-maison de Gilles Lafortune, Natashquan

Cher Indien,

Tu m'as fait une de ces peurs, hier! Je te croyais parti à tout jamais. Pourtant, ça m'aurait fait une bonne excuse pour ne pas faire mon exercice d'écriture : « Excusez-moi, monsieur Pariseau, je n'ai pas pu écrire dans mon carnet de bord. Il a été kidnappé par un carcajou humain! »

Ne te vexe pas, j'étais très contente de te retrouver... même si je ne peux m'empêcher de t'imaginer entre les mains du vieil ermite de la forêt. Heureusement, sa mauvaise odeur ne t'a pas trop contaminé! Tu sens plutôt le feu de camp et le sapinage, comme dans le shaputuan, cette grande tente où j'ai passé la nuit, en plein milieu du bois, entourée d'une vingtaine d'Innus d'à peu près mon âge, tous cousins et cousines de Kenny.

Après avoir dansé au son du tambour, nous avons disposé des sacs de couchage autour du poêle. Tous les jeunes se sont installés sur ces lits improvisés. La plupart des adultes sont sortis de la tente en emmenant les plus petits. Moi, j'ai fait comme les autres adolescents et je me suis assise sur un sac de couchage, avec mon sac à dos en guise d'oreiller. Marguerite a suggéré à ma mère d'aller s'installer avec les aînés du clan, dans sa tente d'écorce. Puis, elle s'est assise à côté de moi.

Je n'ai pas eu le temps de lui poser de questions. Un homme est entré dans le shaputuan. J'ai aussitôt reconnu le chasseur qui avait ramené l'ours mort dans la remorque de son quatre-roues, hier après-midi. Il s'appelle Mathias, comme me l'a appris Marguerite. C'est lui qui nous a raconté l'histoire en langue innue ce soir-là. La grand-mère de Kenny est restée à mes côtés pour me la traduire.

La voix de Mathias était un peu rauque, comme s'il était épuisé par sa chasse à l'ours. Aussitôt que Marguerite a commencé à traduire, il s'est passé une chose étrange : on aurait cru que les sons sortaient de la bouche de Mathias directement en français ! Ce n'était pas Marguerite que j'entendais, mais le chasseur d'ours. Oui, je sais, c'est difficile à croire. Mais ici, il y a beaucoup de choses surprenantes.

Je vais faire comme Marguerite, à présent. Je vais raconter l'histoire comme si c'était moi, le chasseur d'ours.

« C'est mon père qui m'a appris à chasser, quand j'avais quinze ans. Il disait toujours qu'avant de prendre son fusil, il faut faire au moins trois rêves. Ce sont des visions prémonitoires, qui nous indiquent où et comment chasser. Il y a quelques semaines, j'ai fait un premier rêve.

Je marchais dans le bois. Il ventait tellement que j'avais du mal à garder mes pieds sur terre. J'ai entendu un grondement derrière moi. Je me suis retourné et j'ai vu un gros nuage noir qui arrivait dans ma direction. Le vent qui l'accompagnait arrachait tous les arbres sur son passage. Je voulais me protéger, mais je ne savais pas où aller. Tout à coup, à travers le souffle du vent, j'ai reconnu la voix de mon grand-père... »

On a alors entendu, à l'extérieur de la tente, un chant très doux et grave, accompagné d'un tambour. Sans paraître surpris, Mathias a continué son récit:

« Mon grand-père me répétait d'aller me cacher dans la grotte. Mais j'ai eu beau chercher, je n'ai pas trouvé de grotte. Le nuage noir était presque sur moi quand je me suis réveillé...

Mon deuxième rêve est survenu quelques jours plus tard. J'étais encore dans le bois. Il ventait toujours et le même gros nuage noir me poursuivait. J'ai perçu de nouveau la voix de mon grand-père qui m'incitait à écouter les loups et à suivre leurs cris. »

Un hurlement de loup a soudain retenti en dehors du shaputuan. Je n'ai pas pu m'empêcher de sursauter. Mathias, lui, a poursuivi son histoire:

« J'avais peur d'aller vers les loups. Mais la voix de mon grand-père me répétait d'y aller. J'ai pris mon courage à deux mains et j'ai suivi le hurlement des bêtes. J'avais de plus en plus de mal à avancer à cause du vent et de la peur qui me ramollissait les jambes. C'est alors que j'ai aperçu la grotte dont me parlait mon grand-père, dans le premier rêve. J'allais enfin pouvoir me protéger du gros nuage qui fonçait sur moi. Mais juste au moment d'entrer, j'ai vu des yeux jaunes me fixer, au fond de la grotte. Ça m'a tellement surpris que je me suis réveillé. »

Les lanternes se sont subitement éteintes dans le shaputuan. Tout est devenu noir. J'ai alors remarqué de minuscules points jaunes qui scintillaient dans l'air, autour de nous. Je n'ai pu me retenir de frissonner. Marguerite s'en est rendu compte. Elle a mis son châle autour de mes épaules.

« Mon troisième rêve, je l'ai fait il y a quelques jours. J'étais arrivé au bord de la grotte et je sentais le vent qui me poussait vers l'avant. Je résistais de toutes mes forces pour ne pas pénétrer dans la grotte. J'avais peur de ce que je trouverais à l'intérieur. J'ai encore entendu la voix de mon grand-père. Cette fois, elle venait du fond de la grotte. Il m'invitait à entrer. Mystérieusement, comme dans les rêves, j'ai trouvé une lanterne allumée par terre. Je m'en suis servi pour éclairer l'intérieur de la grotte. »

À ce moment-là, une lampe s'est allumée, tout près de Mathias, et je me suis mise à crier. Près de lui, il y avait un gros ours brun qui semblait vouloir l'attaquer. Il grognait férocement. Marguerite m'a alors dit de me calmer, que ce n'était qu'un homme déguisé en ours. Quelques cousins de Kenny se sont un peu moqués de moi. Mais Mathias a continué.

«Devant moi, il y avait un ours brun qui grognait. Debout sur ses pattes arrière, il était deux fois plus grand que moi. L'animal s'est alors mis à parler. Il avait la voix de mon grand-père:

— Pour être un bon chasseur, il faut faire face à ses peurs. Lorsque tu rencontreras un animal, ne pense pas en mal de lui, mais respecte-le. Demande-lui la permission de le tuer pour nourrir ta famille.

Le lendemain, c'est-à-dire hier matin, quand je me suis réveillé, j'étais prêt à chasser. Je savais où aller. J'ai pris mon fusil et je me suis rendu dans le bois, près de la troisième chute de la rivière. C'est là que mon grand-père, lorsqu'il avait mon âge, a aperçu une meute de loups. Le ciel était rempli de nuages et il ventait beaucoup. J'ai tourné le dos au vent et j'ai marché.

Il s'est mis à neiger fort. Je ne voyais presque plus rien. Tout à coup, un immense rocher s'est dressé devant moi. J'ai su que j'étais arrivé. J'ai contourné le rocher et j'ai trouvé l'entrée de la grotte. À l'intérieur, à quelques pas de moi, il y avait un gros ours brun, dressé sur ses pattes. Sa tête touchait le plafond et son corps remplissait la largeur de la caverne. J'étais paralysé par la peur. Je me suis alors rappelé les paroles de mon grand-père dans mon rêve. »

Une autre voix, qui semblait venir du sommet du shaputuan, s'est fait entendre. Une voix beaucoup plus vieille que celle de Mathias : « Pour être un bon chasseur, il faut faire face à ses peurs. »

Le conteur a allumé sa pipe avant de continuer son récit. Tous les jeunes attendaient la suite en silence.

« J'ai regardé l'ours et je lui ai dit :

—Demain, je vais voir ma famille. J'aimerais beaucoup t'emmener avec moi. Tu seras notre numushum, notre grand-père qui nous aidera à trouver la vérité et la sagesse. Mais il faut que tu acceptes de sortir de ta caverne.

L'ours est retombé sur ses pattes. Lentement, il est sorti de la grotte. J'ai alors levé mon fusil et j'ai tiré. Un seul coup et l'ours est tombé sur le sol, comme endormi... »

Un coup de fusil a alors résonné dans le shaputuan.

— Sajani !

Magali lève les yeux de son carnet et aperçoit sa mère en train d'admirer des colliers et des pendentifs suspendus à une planche de bois.

— C'est Rose qui les a faits. On pourrait en choisir chacune un, en souvenir de Natashquan. J'aime beaucoup celui-ci, annonce Alisha en pointant un collier aux multiples brins de cuir, ornés de pièces colorées.

La jeune fille s'empresse de fermer son carnet. Elle rejoint sa mère et admire à son tour les créations de Rose.

— Je ne fais pas tout le travail. Les pièces sont sculptées par d'autres artistes innus. Moi, je me contente de les assembler.

— De quelle matière sont faites ces pièces ? demande Alisha en promenant son doigt sur la surface lisse des pendentifs.

— La plupart sont en bois de caribou ou en os d'orignal. Chaque figure signifie quelque chose. Celui-ci, le capteur de rêves, éloigne les mauvaises énergies.

— Et celui-là ? s'enquiert Magali en montrant une tête d'ours sculptée au bout d'une cordelette.

— Ah ! Ça, c'est une de mes préférées. La tête d'ours, c'est un peu comme avoir un grand-père, un *numushum* qui veille sur nous et nous donne des conseils.

— Wow! Elle est très belle. Regarde, maman. Qu'en penses-tu?

— Superbe!

Un grésillement les interrompt.

— Allô! Hirondelle appelle Goélette! émet la radio.

— Oh! Excusez-moi…

Rose fait rouler son fauteuil jusqu'au poste de radio. Elle met les écouteurs sur ses oreilles et s'empare du micro.

— Ici Goélette! Comment ça va, dans le bois avec la famille?

Pendant que Rose discute avec sa sœur, Gilles Lafortune en profite pour donner quelques conseils à Alisha.

— Vous devriez visiter la foire des marchands, qui aura lieu à Havre-Saint-Pierre, la fin de semaine prochaine. Vous pourriez y faire des rencontres très intéressantes pour votre commerce.

— Quelle merveilleuse coïncidence! N'est-ce pas, Magali?

— Si vous avez le temps avant votre départ, je vous suggère aussi d'aller un peu plus loin, à Rivière-au-Tonnerre. Il y a une boutique spécialisée où l'on vend des produits à base de chicoutai. Je crois que ce petit fruit vous…

— Ah non! s'exclame soudain Rose, à son poste de radio. Pas encore!

— Qu'est-ce qui se passe? s'inquiète son mari.

— Le quatre-roues de Kenny a de nouveau disparu.

11

PEUR D'AVOIR PEUR

Le matin du troisième jour de leur voyage, Magali et Alisha reprennent la route en sens contraire, vers Havre-Saint-Pierre. Elles n'ont pas fait deux coins de rue qu'un petit signal musical se fait entendre. Magali observe l'écran de son téléphone.

Comment ça va ?

Incrédule, Magali fixe son cellulaire. Un texto de Thierry !

Bien. Toi ?

Un peu tanné de l'école... C comment ton voyage ?

Super ! Dormi dans le bois

Wow ! Dehors ?

Dans une grande tente avec les Innus

Plusieurs secondes s'écoulent. Thierry semble lui écrire un message interminable.

J'ai qq chose à te demander

Quoi ?

Autre moment d'attente...

Veux-tu être ma blonde ?

À son tour, Magali prend tout son temps pour lui répondre. Elle ne s'attendait pas à recevoir un texto de Thierry, et encore moins à sa question ! C'est la première fois qu'un garçon lui fait une telle demande. Elle a peur depuis qu'elle a vu une de ses amies souffrir atrocement à cause de son petit ami.

On se connaît pas beaucoup

OK

Ces deux dernières lettres s'effacent de l'écran, qui devient tout noir.

— Maman ! J'ai perdu le fil de ma conversation.

— Normal, Sajani. On est sorties de Natashquan depuis plusieurs kilomètres.

Il n'y a pas de réseau, par ici. Il va falloir que tu attendes qu'on arrive à Havre-Saint-Pierre.

Magali soupire devant son écran noir. Le reste du trajet, de Natashquan à Havre-Saint-Pierre, se fait dans le silence. Pendant que sa fille pense à ce qui aurait pu se passer si elle avait accepté la demande de Thierry, Alisha songe à la vieille voiture rouge qui a rendu l'âme avant leur départ de Natashquan. Heureusement que le frère de Paul Siméon avait un véhicule à leur prêter ! Une berline blanche, qui ronronne comme un gros chat. Mais ce qui lui plaît davantage, ce sont les confortables sièges de cuir rouge.

Aussitôt après leur installation dans le petit studio qu'elles ont loué à Havre-Saint-Pierre, Alisha sort pour aller chercher leur repas. Magali en profite pour se « téléporter » chez son amie Jade.

— Tu as répondu quoi ?

Magali répète son récit. Incrédule, Jade secoue la tête et roule des yeux.

— J'ai eu peur qu'il m'arrive la même chose qu'à Arielle.

— On s'en fout, d'Arielle et de son ex. Moi, je suis super heureuse, avec mon chum.

— Tu n'as pas peur qu'un jour il t'annonce que c'est fini?

— Regarde-moi, ordonne Jade en approchant son visage de la caméra. Redresse la tête et répète après moi: "Il faut que j'arrête d'avoir peur." Allez, répète!

— Ça va! J'ai compris. Bon, je dois te laisser. Ma mère est partie chercher le souper et j'ai promis de mettre la table.

— Allez! Dis-le juste une fois!

— Il faut que j'arrête d'avoir peur.

— Encore! Plus fort!

— Argh! IL FAUT QUE J'ARRÊTE D'AVOIR PEUR!

— C'est mieux. Tu me fais visiter ton château?

Magali s'empare de l'ordinateur et lui fait faire un lent tour de 360 degrés. En quelques secondes, elle montre à son amie le studio, situé au bord de la mer. Un grand lit avec deux microscopiques tables de chevet assorties délimitent la zone de la chambre à coucher. À deux pas du lit, la salle de bain, qui n'a qu'une douche, n'est pas plus grande qu'une armoire. Magali tourne l'appareil de quelques degrés vers le divan qui se prend pour un salon. Puis, en montant l'ordinateur de quelques centimètres, elle fait voir à Jade la cuisinette, composée de deux chaises coincées sous une table à trois pattes. Cachés sous la fenêtre, un petit réchaud et un minifrigo complètent l'ameublement.

— C'est minuscule, mais tout est là.

— Toi qui te plaignais de ne jamais voir ta mère, tu dois trouver ça bizarre d'être tout le temps près d'elle.

— C'est spécial. Chez nous, elle est toujours super stressée ou fatiguée par ses voyages. Là, j'ai l'impression de la découvrir. Elle est vraiment différente de la mère que je connais, plus aventurière, prête à essayer plein de choses, drôle, gaffeuse…

— Telle mère, telle fille ! Tu n'es pas très aventurière, mais drôle et gaffeuse, c'est toi tout craché.

— Et toi, tu es tout le portrait de ton père.

— C'est-à-dire ?

— Obstinée, fonceuse…

— Oui, j'ai toutes les qualités nécessaires pour être le commandant de notre *Entreprise*. Vous devez donc obéir à mes ordres, capitaine Magou, et répéter…

— IL FAUT QUE J'ARRÊTE D'AVOIR PEUR !

— Bravo ! À demain, même heure ?

— Oui, c'est ça.

Magali se penche pour mettre fin à la communication. Son pendentif heurte le bord de l'ordinateur en émettant un petit son clair. «Tiens! Je l'avais oublié, celui-là. Mon *numushum*!»

La jeune fille tourne la tête d'ours entre ses doigts en repensant à Thierry. Elle se demande si son pendentif peut vraiment veiller sur elle et lui donner des conseils. Elle pense aussi à son *numushum* à elle, son grand-père paternel, décédé il y a quelques années. Elle sourit en imaginant les conseils que lui donnerait le «vieux renard», comme on l'appelait dans la famille.

Un grondement la fait sursauter. «Ce n'est qu'un bruit de moteur», se rassure-t-elle. Elle entrouvre le rideau pour vérifier. Dans la petite rue qui passe tout près de leur studio, elle aperçoit un engin rouge filer vers la plage. «Il ressemble au quatre-roues de Kenny!»

Le bolide est trop loin pour qu'elle puisse identifier le conducteur, mais elle croit reconnaître la casquette vert pomme du vieux *kaku*. Longtemps après qu'il a disparu sur la grève, elle scrute le chemin, comme s'il allait réapparaître. On frappe soudain à la porte. Magali se transforme en statue. «C'est lui! se dit-elle. Il a pris le quatre-roues de Kenny et nous a suivies jusqu'ici...»

Le visiteur semble déterminé à cogner jusqu'à ce qu'elle réponde. Le voilà qui se met à agiter vigoureusement la poignée de la porte. Magali, dans un effort ultime, se précipite derrière le canapé. Elle entend le bruit métallique d'un instrument qu'on introduit dans la serrure. Elle dresse la tête et aperçoit la poignée qui tourne doucement. Elle replonge derrière le meuble.

— Sajani ? Tu es là ?

Lentement, elle se relève et fixe sa mère.

— Tu es pâle comme une statue de marbre. Qu'est-ce qui s'est passé ? Pourquoi tu n'ouvrais pas ?

— Je… J'ai eu peur. Je crois que j'ai vu le vieil ermite passer devant chez nous, sur le quatre-roues de Kenny.

Alisha soupire et hoche la tête d'un air découragé.

— Pauvre Sajani ! Mais de quoi as-tu peur ? Ce vieux monsieur qui pue n'a sûrement pas fait le trajet de Natashquan à Havre-Saint-Pierre juste pour nous suivre.

Magali hausse les épaules, impuissante. Elle comprend soudain que ce dont elle a le plus peur, c'est d'avoir peur. Une vraie peur, la frousse de sa vie…

— Attends que je te montre ce que j'ai trouvé pour notre repas. Tu vas oublier tous les porcs-épics, les carcajous et autres affreuses créatures sorties de ton imagination.

— De la pizza! devine-t-elle en apercevant la boîte cartonnée que sa mère a déposée au milieu de la table.

— Aux fruits de mer! Elle vient de la poissonnerie, à deux pas d'ici. Monsieur Lafortune et Rose m'ont garanti que c'était la meilleure au monde.

Aussitôt, Alisha sort de petits pots de son coffret et entreprend de couper sa part en minuscules pointes qu'elle saupoudre de différentes épices. Sur la dernière pointe, elle laisse tomber quelques grains d'un mélange composé de baies et d'herbes séchées de la Côte-Nord.

Magali préfère déguster sa pizza telle quelle, directement sortie de la boîte. La pâte moelleuse comme du pain est généreusement recouverte de petites crevettes rose bonbon, de pétoncles blancs comme des nuages et de fromage fondant. Un délice des dieux!

Pendant qu'Alisha prend des notes sur ses expériences gustatives, sa fille s'empare de son carnet de bord et rédige quelques lignes.

Jour 3 — Havre-Saint-Pierre, studio «Chez Suzanne», à deux pas de la mer

Cher Indien,

Je n'ai jamais été si près de ton île. Cependant, ce ne sera pas facile d'aller te rencontrer. Aujourd'hui, en arrivant à Havre-Saint-Pierre, nous sommes allées au centre touristique. Comme nous sommes hors saison, c'était fermé. Par la fenêtre, nous avons remarqué une publicité qui présentait les excursions sur les îles Mingan. Ma mère a noté le numéro de téléphone et appelé aussitôt. Un message téléphonique l'a informée que les excursions débutaient au mois de mai... dans deux semaines. Nous serons déjà parties! J'étais très déçue. Ma mère m'a alors fait une promesse: elle va trouver un marin pour nous y amener. Ma mère, lorsqu'elle a une idée en tête, elle ne l'a pas dans les pieds.

Demain, elle va rencontrer Marius Cormier, le pêcheur qui nous attendait, il y a trois jours. Je ne serais pas étonnée qu'elle lui demande de nous conduire jusqu'à ton île...

Magali laisse tomber son stylo et bâille à s'en décrocher la mâchoire.

— Je vais m'étendre un peu sur le lit. Tu peux me réveiller quand tu appelleras papa?

— D'accord, Sajani. Est-ce que ça t'ennuie si je vais marcher un peu pour digérer mes quatre pointes de pizza? Je ne serai partie qu'une petite demi-heure.

— N… non, ça va aller, répond-elle en déposant son carnet sur la table de chevet et en se laissant tomber sur le lit.

Malgré sa crainte de se retrouver seule, la jeune fille s'endort presque instantanément. Lorsqu'Alisha sort du studio pour aller au bord de la mer, Magali est déjà très loin, au pays des rêves et des ours.

Elle suit Kenny qui bondit comme un jeune caribou sur les roches. Il lui a promis de la ramener jusqu'à sa mère, qui l'attend pour partir en excursion en bateau sur les îles Mingan.

Peu habituée à faire de la course d'obstacles dans le bois, Magali hurle à Kenny de ralentir la cadence. Mais ses mots se perdent dans le bruit de la chute qui coule tout près. Bientôt, elle le perd de vue. Elle s'arrête, désorientée.

Un murmure lui parvient à travers le fracas de l'eau. Une intonation douce, apaisante :

— N'aie pas peur. Suis les traces de pas.

Elle penche la tête et aperçoit les empreintes de pieds de Kenny. Encouragée, elle les suit. Tout à coup, ces traces se transforment. Elles deviennent beaucoup plus larges. Les orteils arrondis s'effilent

et prennent la forme de griffes. Magali s'aperçoit
alors qu'elle ne suit plus Kenny, mais un animal
assez gros, à en juger par la taille des empreintes.
Un épais rideau de ronces l'empêche cependant
de revenir en arrière…

Magali se réveille. Elle ne reconnaît pas les lieux. Paniquée, elle s'assoit sur le lit. Où peut-elle bien être? Ce n'est que lorsqu'elle remarque son carnet, sur la petite table de chevet, que tout lui revient en mémoire: «Ma mère est allée prendre une marche. Elle va revenir bientôt…»

Cependant, quelque chose ne colle pas. Lorsqu'Alisha est partie, la lumière du jour était beaucoup plus faible. C'était presque la nuit. Maintenant, par la fenêtre du studio, le soleil répand une longue traînée de diamants sur la mer. L'adolescente tourne les yeux vers le réveil posé sur la table de chevet de l'autre côté du lit, près de l'oreiller de sa mère. «Neuf heures… du matin! Ma mère n'est pas rentrée de la nuit!»

Son cœur se met à battre à toute allure, comme s'il courait pour s'échapper de sa poitrine. Elle bondit hors de son lit et constate qu'elle ne porte pas ses vêtements de la veille, mais son pyjama. En faisant le tour de la pièce, elle remarque les traces d'un petit-déjeuner pris à la hâte. Sur la table, près d'une tasse de café à moitié vide et d'un muffin à peine grignoté, elle reconnaît l'écriture de sa mère sur une feuille de papier.

Bonjour Sajani,
Tu dors si bien que je n'ose pas te réveiller.
Je dois aller à mon rendez-vous avec le pêcheur.
Je t'appelle un peu plus tard.
Bisous

Tout en grignotant le muffin de sa mère, Magali repense à son rêve. Cette voix qui lui murmurait de ne pas avoir peur, de suivre les traces de pas… Elle a l'impression de l'avoir déjà entendue quelque part.

Son cellulaire se met alors à vibrer sur la table.

— Allô?

— Salut, *Atimuss*.

— …

— Tu ne me reconnais pas?

— Kenny?

— Lui-même! Je viens de croiser ta mère et elle m'a donné ton numéro de téléphone.

— Tu as croisé ma mère… dans le bois de Natashquan?

— Je ne suis plus dans le bois. Je suis à Havre-Saint-Pierre. Devine pourquoi...

— Je crois que je le sais. Le vieux *kaku* a encore emprunté ton quatre-roues et il est venu se promener par ici.

— Tu l'as vu?

— Je crois que oui. Hier soir, il me semble avoir reconnu ton bolide. Le conducteur portait la même casquette verte que tu sais qui... Il est passé dans la petite rue près de notre studio et a filé vers la plage.

— Est-ce que tu veux m'accompagner? On pourrait aller marcher au bord de l'eau et essayer de retrouver les traces de mon quatre-roues.

— Bon, j'imagine que j'ai encore le choix, comme l'autre fois, quand tu es venu me chercher à l'auberge de Natashquan.

— Tu as tout compris. Soit tu viens avec moi, soit tu restes seule dans ton petit studio à attendre ta mère toute la journée.

— Toute la journée?

— C'est ce qu'elle m'a dit. Le pêcheur l'emmène faire la tournée des poissonneries de la région. Comme il n'y a pas d'accès au réseau partout, elle m'a demandé de te transmettre le message. Elle devrait être de retour en fin d'après-midi. Mon père va nous rejoindre vers midi, au port d'Havre-Saint-Pierre, pour le lunch. Lui, il est allé du côté de la communauté innue du village voisin.

— Bon, d'accord. Je vais t'aider à retrouver les traces de...

Magali s'interrompt de façon soudaine.

— Allô? fait Kenny.

— Oui, je suis là. Je viens de me souvenir d'une chose très bizarre. Cette nuit, j'ai rêvé que je suivais des traces.

— De quatre-roues?

— Non... d'un animal. Je te raconterai.

— Bon. Tu peux venir me rejoindre sur la plage au bout de ta rue dans cinq minutes?

— Mettons quinze.

— Pas besoin de te mettre trop belle!

— Je vais juste me laver un peu.

— Bonne idée! Sinon, tu pourrais brouiller la piste du vieux *kaku*.

— Très drôle!

— Frotte bien derrière les oreilles!

Clic.

12

SUIVRE LES TRACES

Sur la longue plage, la brume dessine des formes étranges. Magali a l'impression de marcher au milieu de spectres.

— Ça ne va pas être facile à trouver.

— Non. Autant laisser tomber, marmonne Kenny.

Ils s'assoient sur une épave énorme que Magali avait prise pour un rorqual échoué, un peu plus tôt.

— Raconte-moi ton rêve, dit Kenny, comme s'il lui demandait de résumer le dernier film qu'elle a vu.

Magali lui relate son rêve le plus fidèlement possible. Lorsqu'elle a terminé, Kenny déclare:

— Ma grand-mère te dirait que tu as fait un *puamum** de castor.

— Qu'est-ce que c'est?

— *Puamum*, c'est un rêve, en innu. Un *puamum* de castor, pour ma grand-mère, c'est un peu comme l'histoire du chasseur d'ours. Tu te rappelles ses trois rêves prémonitoires?

C'étaient des rêves qui le préparaient à l'action, à la chasse. Mais ne t'inquiète pas…

Avant de poursuivre, Kenny désigne le pendentif qu'elle tient entre ses doigts.

— Tu as un *numushum*. Un ours qui veille sur toi comme un grand-père. Peut-être que c'est lui qui te parle dans ton rêve.

— Tu crois ?

— Toute la mythologie de mes ancêtres est remplie de belles histoires, comme celles qu'on raconte aux enfants, mais il y a toujours un message ou une part de vérité dans chacune. C'est ce que répète ma grand-mère. Je n'accorde pas beaucoup d'importance à ces légendes, mais j'aime bien les entendre.

Kenny jette un coup d'œil à sa montre et ajoute :

— Il nous reste une demi-heure avant d'aller rejoindre mon père. Il me semble qu'il y a un peu moins de brume, maintenant. Tu viens ?

— Attends. J'attache mon soulier.

Magali se penche et reste saisie de surprise.

— Tu ne trouves plus tes pieds ?

— Regarde ! Des traces…

Kenny se baisse à son tour. Au bout de l'épave, des bandes parallèles creusent le sable. Comme un fin limier, l'adolescent les touche du doigt, évalue leur profondeur, leur largeur.

— Ce sont les traces de pneus de mon quatre-roues! affirme-t-il avant de s'éloigner à grandes enjambées.

Très vite, il disparaît dans le brouillard. Magali prend son pendentif entre ses doigts : «Je ne vais pas paniquer… Il suffit de suivre les traces.» Calmement, elle attache ses lacets et se lève. Puis, elle s'enfonce à son tour dans les volutes de brouillard. Elle essaie de ne pas interpréter les formes qui surgissent devant elle et centre toute son attention sur les traces de roues.

Son pied heurte une pièce métallique. Puis une autre. La jeune fille lève les yeux et distingue une vieille chaloupe échouée sur la grève, à quelques mètres de l'eau. Tout autour, des pièces de moteur s'étalent sur le sable.

Soudain, une silhouette se dresse dans l'embarcation.

— Il est venu jusqu'ici, confirme Kenny en débarquant de la chaloupe.

— Est-ce que c'est son bateau ?

— En tout cas, je crois que ça, c'est à lui, répond-il en agitant une casquette verte qu'il a trouvée au fond du bateau.

— On dirait qu'il a essayé de faire fonctionner le moteur.

— Bravo, *Atimuss* ! Tu ferais une bonne détective.

Magali ne se laisse pas distraire par les sarcasmes de Kenny.

— Regarde, les traces semblent remonter vers la rue.

— Oui, j'ai eu le temps de m'en apercevoir avant que tu arrives.

— Et maintenant, qu'est-ce qu'on fait ? On va rejoindre ton père ?

— *Tu* vas rejoindre mon père. Moi, je reste ici.

— Quoi ?

— D'après moi, le vieux *kaku* veut utiliser cette chaloupe. Il a très peu de temps pour agir avant que la marée haute emporte son bateau. Il doit être en train "d'emprunter" un moteur, en ce moment.

— Et qu'est-ce que tu vas faire s'il revient ?

— Tout simplement reprendre mon bien, déclare Kenny en agitant son trousseau de clés. Je vais attendre que le vieux soit occupé à installer le nouveau moteur sur la chaloupe, puis zoum ! je viendrai vous rejoindre au restaurant qui se trouve près du quai de la marina. Tu peux me commander un burger au crabe. J'arriverai avant qu'il soit servi. Oh ! Et ne dis rien à mon père ! S'il te pose des questions, raconte-lui que j'avais une course à faire avant le lunch. Je ne voudrais pas que la police arrive et que le vieux s'enfuie encore avec mon quatre-roues.

Kenny doit littéralement la pousser pour qu'elle parte. La brume du matin se lève tranquillement tandis que Magali rebrousse chemin. Peu à peu, le paysage révèle ses secrets. La jeune fille peut à présent distinguer la marina et ses nombreux bateaux. Régulièrement, elle se retourne et scrute la plage, derrière elle. «Je ne vois plus Kenny, constate-t-elle. Il a dû se cacher derrière les foins. Pourvu que son plan fonctionne!»

Lorsqu'elle arrive près de la marina, elle reconnaît la camionnette de monsieur Siméon, stationnée près du quai, devant un casse-croûte. L'adolescente pousse la porte et aperçoit le père de son ami. Assis au comptoir, il discute avec quelques hommes. Elle s'approche et écoute leur conversation.

— Je me demande qui a fait ça…

— En plein jour, juste comme on revenait de notre pêche.

— Il y en a qui ne sont pas gênés! Un moteur neuf, en plus.

— Il va falloir que j'avertisse mon employeur, signale un des hommes en secouant la tête d'un air navré.

— Oui, mais avant, il faut que tu te décides à appeler la police, mon gars.

— Chez nous, on aime mieux régler nos affaires tout seuls.

— Tu n'es pas dans ton village, tu es à Havre-Saint-Pierre, Joe!

Magali devine facilement de quoi il s'agit. Elle s'avance vers le père de Kenny.

— Monsieur Siméon!

Celui-ci tourne la tête et la reconnaît aussitôt.

— Hé! Bonjour, Magali!

— Est-ce que je peux vous parler?

— Viens! Prenons une table. Il paraît qu'on vient tout juste de voler un moteur de bateau. Kenny n'est pas avec toi?

— Euh… Il s'en vient. Il avait une course à faire, mais il a dit qu'on pouvait lui commander un burger au crabe.

Après avoir passé commande, monsieur Siméon se met à lui poser quelques questions sur son voyage. Magali répond par monosyllabes, en jetant de rapides coups d'œil par la fenêtre. Très vite, leur conversation s'épuise. Les plats qu'ils ont demandés arrivent sur la table.

— Bon, bien… on ne va pas laisser notre lunch refroidir. Mangeons!

Magali fixe son assiette, mal à l'aise.

— Tu n'as pas faim ?

— Pas vraiment…

— Alors, raconte ! Avez-vous trouvé des traces de l'ermite ?

Elle lève les yeux de son assiette et regarde Paul Siméon d'un air embarrassé.

— Écoute, Magali. Si tu sais quelque chose que je devrais savoir…

— J'ai promis à Kenny de ne rien dire. Mais je ne suis pas capable de mentir.

— Tu n'as qu'à me laisser deviner. Fais un signe de tête si je me trompe. Vous avez trouvé des traces du vieux monsieur ?… Oui ! Vous l'avez vu en personne ?… Non ! Il est arrivé quelque chose à mon fils ?… Ni oui ni non ?…

Le père de Kenny repousse sa chaise avec vigueur.

— Bon ! J'ai assez attendu. Viens, Magali !

— Où ?

— On va chercher Kenny. Pas besoin de parler, je te suis.

13

DISPARUS

Jour 4 — Village innu de Mingan

Je suis dans la maison d'une tante de Kenny. J'attends ma mère qui doit venir me chercher. Je me sens coupable. J'aurais dû tout raconter au père de Kenny dès le début. Peut-être que tout ça ne serait pas arrivé.

Monsieur Siméon ne m'a pas crue quand je lui ai affirmé que Kenny viendrait nous rejoindre au casse-croûte, qu'il valait mieux l'attendre. Il a tout de suite senti que son fils était en danger. Nous sommes donc partis retrouver Kenny. Je devais garder le silence afin de ne pas trahir ma promesse.

J'ai alors fait une chose que je regrette. Comme je pensais que Kenny avait besoin d'un délai, puisqu'il fallait laisser du temps au vieux kaku pour qu'il revienne au bateau et se concentre sur la réparation du moteur avant de pouvoir lui reprendre le quatre-roues, j'ai fait un grand détour. Au lieu d'aller tout de suite sur la plage et de marcher un petit kilomètre en ligne droite, j'ai entraîné le père de Kenny vers le centre-ville. Puis, j'ai fait semblant de me perdre. En fait, je me suis perdue pour de vrai.

Le père de Kenny était de plus en plus nerveux. Il m'a donné un ultimatum, son téléphone à la main, en me disant que si je ne lui révélais pas tout ce que je savais, il appellerait la police.

Je lui ai tout raconté. Les traces sur la plage, le bateau et le moteur en mille morceaux, la décision de Kenny d'attendre le vieux sur place pour reprendre son bolide...

Monsieur Siméon a quand même appelé la police. Je crois que j'aurais fait la même chose, à sa place. Il leur a parlé d'un maniaque qui se promenait dans le quatre-roues volé, de son fils en danger et de moi qui savais où les trouver. Nous avons entendu la sirène peu de temps après. Je suis montée dans une voiture de police pour la première fois de ma vie.

L'agente assise devant moi s'est retournée et m'a regardée dans les yeux. Elle m'a demandé de lui décrire l'endroit où se trouvait Kenny. Je n'ai eu qu'à prononcer ces quelques mots :

—Sur la plage, près d'un énorme tronc d'arbre qui ressemble à un rorqual échoué.

En trois minutes, nous étions sur les lieux. La première chose que nous avons aperçue, c'est le quatre-roues de Kenny. Les deux policiers nous ont ordonné de rester dans la voiture. La main sur leur arme, ils se sont avancés vers la plage. Je n'osais pas trop regarder le père de Kenny, assis à côté de moi. Je l'entendais respirer très fort.

Les agents sont revenus vers nous. Kenny n'était plus là. Le bateau et l'ermite non plus. Mais ils ont trouvé assez de traces de pas et de pièces de moteur pour croire ce que je leur avais raconté.

Puis, la policière a agité une casquette verte.

—Est-ce que tu sais à qui elle appartient?

—C'est celle du vieux kaku. Euh... le maniaque voleur... l'ermite!

—Si je n'avais pas trouvé autant de preuves de ce que tu me racontes, je croirais que tu inventes tout ça.

Nous sommes allés au poste de police remplir une déclaration. Monsieur Siméon était tellement nerveux que les agents lui ont interdit de conduire son camion. Ils nous ont raccompagnés chez sa sœur, à Mingan, un autre village de la communauté innue.

Monsieur Siméon est si bouleversé qu'il semble avoir vieilli de dix ans. Il reste assis à fixer son téléphone sans rien dire. J'ai vraiment hâte que ma mère arrive!

Magali dépose son crayon sur la table. Elle feuillette distraitement son carnet de bord et tente de se relire. Elle remarque alors une chose étrange. Elle a l'impression qu'un réviseur a lu ses notes. Habilement, il a corrigé ses fautes en repassant sur son écriture. Stupéfaite, elle constate qu'il a aussi fait quelques gribouillages au creux d'une page.

Elle se rappelle alors que le vieux *kaku* lui avait «emprunté» son carnet lorsqu'elle était dans le bois. Puis, plus tôt, quand elle s'était rendue au petit studio en compagnie de l'agente de police pour prendre son manteau et son sac à dos, la porte entrebâillée… Elle s'était dit que c'était elle qui l'avait mal fermée, en partant le matin. Mais à présent, elle n'en est plus certaine. Fébrilement, elle approche le carnet de son nez. Elle reconnaît aussitôt la petite odeur malsaine, la même que celle qui se dégageait de la casquette verte.

Trois coups de sonnette résonnent dans la pièce silencieuse. La sœur de Paul Siméon bondit de sa chaise pour aller répondre à la porte.

— Bonjour, je suis la mère de Sajani.

— Sajani?

— Magali.

— Entrez.

Magali n'a jamais été aussi heureuse de retrouver sa mère. Plus encore qu'au retour de ses longues absences. Elle enfouit son nez dans son épaule et s'imprègne de son parfum floral et épicé.

Comme monsieur Siméon n'a pas trop le cœur à faire la conversation, Alisha n'insiste pas.

— Nous attendrons de vos nouvelles. Si vous avez besoin de nous, nous sommes à votre disposition.

La mère et la fille s'apprêtent à quitter les lieux lorsque le téléphone de monsieur Siméon se met à sonner.

— Allô? …Quoi? …Vous l'avez trouvé? …Oui! J'arrive! …Non! Attendez…

Il se tourne alors vers Alisha.

— Pouvez-vous me conduire au poste de police? Ils ont retrouvé Kenny!

— Avec plaisir!

Tout le monde est soulagé. Le sourire aux lèvres, Magali met son manteau.

— *Atimuss*! Tu n'oublies pas quelque chose?

La tante de Kenny lui tend le précieux carnet de bord que l'adolescente saisit du bout des doigts et tient éloigné d'elle. «Celui-là, il faut que je le passe au peigne fin», songe-t-elle.

14

UNE SOIRÉE ÉPICÉE

— Allô, papa !

— Salut ma belle ! Pas trop dépaysée ?

— Non, ça va.

— Comme ça, tu t'es fait un petit copain ?

Magali regarde l'écran, surprise.

— Qui t'a parlé de Thierry ?

— Thierry ? Je croyais qu'il s'appelait Kenny.

— Kenny n'est pas mon copain, papa.

— Ta mère m'a pourtant dit que tu étais très contente de le retrouver, tout à l'heure. Tu l'as même embrassé…

— Sur la joue, papa ! Oui, vraiment contente ! S'il lui était arrivé quelque chose, je me serais sentie coupable.

— Je ne suis pas certain de comprendre.

— J'ai tout fait pour empêcher son père de le retrouver, alors qu'il était en danger. L'ermite qui lui a volé son quatre-roues est vraiment fou !

— Là, c'est moi qui me sens coupable ! Laisser ma fille partir avec sa mère aventurière dans un coin de pays où on se promène en quatre-roues pour chasser l'ours…

— Ne t'inquiète pas. Tout va bien, papa.

Magali remarque alors les yeux cernés de son père et la nouvelle ride qui s'est creusée entre ses sourcils.

— Et toi? Et Laurent? Vous allez bien?

— Oui, oui…

Pendant un instant, Magali entrevoit un côté de son père qu'elle n'a jamais connu. Lorsqu'elle reste à la maison avec lui pendant que sa mère voyage, Sébastien fait tout pour la distraire. Il semble toujours heureux. Mais aujourd'hui, à plus de mille kilomètres de distance, elle peut vraiment distinguer le manque qui se dessine sur son visage.

— Fais attention à toi, ma petite Lamborghini.

— Promis, papa!

Magali souffle une dizaine de baisers vers l'écran. Avant de terminer leur vidéo-conférence, Sébastien tente une grimace clownesque afin de la faire rire. La jeune fille éteint son ordinateur. Pas le temps de se téléporter chez Jade. Elle lui expliquera pourquoi demain. Ce soir, sa mère et elle sont invitées chez Marius Cormier.

— Comme beaucoup de Blancs sur la Côte-Nord, il est d'origine acadienne. Tu vas voir, il a tout un accent! lui apprend sa mère en mettant ses boucles d'oreilles assorties à son sari.

— Maman, vas-tu vraiment sortir comme ça?

— J'en ai une autre paire.

— Je ne parle pas de tes boucles d'oreilles, mais de ta tenue. Ici, personne ne se promène en sari.

— Je porte toujours un sari pour les occasions spéciales. Pour moi, c'est comme une robe de soirée. Celui-là, c'est mon sari de voyage. Il ne se froisse pas et tient dans une minuscule pochette. Et toi? Tu vas rester habillée ainsi? En jeans et t-shirt?

— Non, non! Moi aussi, j'ai mon costume de soirée, répond Magali.

Elle garde sa paire de jeans, mais revêt un long chandail émeraude qui fait ressortir le noir ébène de sa chevelure et le vert de ses yeux. Comme unique bijou, elle porte son pendentif à tête d'ours.

— Je suis prête.

— Allons-y! lance sa mère en s'emparant de son précieux coffret d'épices.

Avant de suivre Alisha, l'adolescente attrape son carnet de bord, l'emporte dans la salle de bain et l'asperge copieusement du parfum de sa mère. Puis, elle le dépose sur le carrelage de la minuscule pièce et referme la porte. « Traitement de choc, décrète Magali. J'espère qu'à mon retour l'Indien ne sentira plus le *kaku* ! »

○

En arrivant devant la maison de Marius, Magali aperçoit la camionnette de monsieur Siméon.

— J'ai pensé que ça leur ferait du bien de se changer les idées, après les événements de la journée, explique le pêcheur en les accueillant. Tout le monde est dans la cuisine. Venez, je vais vous présenter ma blonde.

Magali est contente de revoir Kenny. Elle espère qu'il pourra enfin lui raconter ce qui est arrivé sur la plage pendant qu'elle était avec son père. Mais l'ambiance n'est pas vraiment propice aux confidences.

— Au menu, linguine aux pétoncles et aux crevettes ! Vous allez voir, ma blonde est une cuisinière ex-cep-tion-nelle !

— Pas difficile, quand on a de bons ingrédients fraîchement pêchés ! réplique celle-ci en déposant le plat sur la table.

— Comme vous l'avez demandé, Alisha, je n'ai pas mis d'épices.

— Merci, Daphné! Pour commencer, je vous suggère ce petit mélange d'herbes citronnées et de poivre vert. Ensuite, je vous ferai goûter à quelque chose de plus épicé, avec un cari safrané. Pour terminer, on essaiera mon nouveau mélange, inspiré de la cuisine innue.

Les convives se servent de petites portions qu'Alisha saupoudre délicatement d'épices. Même si elle aurait envie de manger comme une gloutonne, Magali se prête au jeu de la dégustation. Tous les invités sont d'humeur joyeuse. Monsieur Siméon est vraiment soulagé d'avoir retrouvé son fils et Kenny, son quatre-roues. Alisha et Magali sont ravies d'être en si bonne compagnie tandis que Marius et Daphné sont tout simplement amoureux.

Après le repas, Alisha fait circuler de petits papiers sur lesquels chacun doit noter ses mélanges d'épices.

— Si ces épices évoquent une image, un mot, vous pouvez l'écrire. Je cherche aussi des noms pour ces nouveaux mélanges.

Pendant que Magali rédige son évaluation, Kenny pousse son papier dans sa direction. Elle le déplie et lit:

J'attends devant la maison.

La jeune fille replie rapidement le papier. Kenny demande la permission de se retirer. Magali attend quelques minutes puis, profitant d'une discussion sur le meilleur nom à donner au mélange d'inspiration innue, elle disparaît à son tour.

Kenny l'attend, assis sur les marches, devant l'entrée. Elle s'installe à côté de lui. Pendant un moment, ils restent ainsi, silencieux. Puis, Kenny se met à parler d'une voix grave, troublée.

— Je voulais te remercier.

— Pourquoi? Je n'ai rien fait.

— Justement, tu n'as rien raconté à mon père. Même quand il s'est impatienté. Je trouve que tu as été très courageuse.

Magali le regarde, étonnée. Elle ouvre la bouche pour lui répondre.

— Attends, *Atimuss*! Je ne t'ai pas tout dit. Je voulais que tu saches ce qui s'est passé, pendant que vous m'attendiez au casse-croûte…

Les mots de Kenny montent en nuages de buée dans l'air frais du soir. L'adolescente l'écoute sans l'interrompre. Elle en oublie le froid et la petite vibration constante de son téléphone dans sa poche. Ce qui est en train de se passer lui paraît bien plus important que tout appel.

— ... Le vieux *kaku* est arrivé pas long-temps après ton départ. Je venais juste de me cacher derrière un bosquet de foin séché. Tu aurais dû le voir conduire mon quatre-roues: un vrai malade! Il s'est arrêté juste à côté du bateau. Puis, il a installé un long tuyau entre mon réservoir d'essence et celui de la chaloupe. Il a tout siphonné jusqu'à l'avant-dernière goutte!

«Ensuite, il a examiné longtemps le gros moteur de bateau, ficelé comme un saucisson sur le siège, derrière lui. Je me suis dit qu'il devait avoir eu de l'aide pour l'installer sur mon quatre-roues, mais je me suis demandé comment il pourrait le transporter du quatre-roues au bateau. Je n'ai pas eu le temps de me poser trop longtemps la question. Le vieux s'en venait dans ma direction.

«Je me suis levé, prêt à l'affronter. Juste au moment où je levais les poings, il m'a fait signe de venir l'aider. Je lui ai crié: "Si tu penses que je vais me casser le dos pour toi, maudit voleur!"

«Quand il a vu que je refusais de coopé-rer, il a sorti un petit canif de sa poche. Il s'est approché de la roue arrière de mon quatre-roues et a plongé la lame dans le pneu. Ensuite, il s'est avancé vers un autre pneu et m'a encore fait signe de l'aider. J'ai alors remarqué que l'eau montait et que si je ne collaborais pas, mon quatre-roues serait bientôt noyé. »

— Tu l'as aidé ? l'interrompt Magali, incrédule.

— Je n'ai pas eu le choix. On a vraiment eu de la misère. Ça doit peser dans les deux cents kilos, un moteur comme ça ! J'observais l'eau monter et je me disais qu'on n'y arriverait jamais. Puis, le vieux *kaku* a eu une idée. Il a mis les deux rames de façon à y faire glisser le moteur jusqu'à l'intérieur du bateau. Ensuite, on a réussi à l'installer. Alors, en pointant mes roues avec son canif, il m'a fait signe de pousser la chaloupe. Ça n'a pas été trop difficile, parce qu'elle était déjà presque à moitié dans l'eau.

— Et ton quatre-roues ?

— Il était aussi en partie dans l'eau. Pendant que j'essayais de démarrer le moteur avec la dernière goutte d'essence que m'avait laissée le *kaku*, il est parvenu sans problème à faire fonctionner celui du bateau et à prendre le large. Je me suis calmé un peu et j'ai attendu que la mer se retire entre deux vagues pour tenter une nouvelle manœuvre. J'ai réussi à démarrer et à dégager mon quatre-roues du sable mouillé. Mais quand je suis arrivé un peu plus haut sur la grève, le moteur s'est arrêté. De toute façon, je ne serais pas allé bien loin, avec un pneu crevé, sans une goutte d'essence! Je suis alors parti vers le garage le plus proche. C'est là que la police m'a retrouvé… Euh… tu ne réponds pas?

Magali regarde l'afficheur de son téléphone qui vibre sans cesse depuis une bonne quinzaine de minutes. Elle constate qu'elle a reçu plusieurs appels de Thierry et de Jade.

— Ça peut attendre.

— Ton petit copain?

— Je n'ai pas de petit copain. En tout cas, pas encore…

— Tu es vraiment mystérieuse!

— Et toi? Tu ne parles pas beaucoup de ta blonde.

— C'est parce qu'il n'y a rien à raconter, réplique Kenny brusquement.

— Je ne te crois pas.

— Tu veux vraiment que je te parle de ma blonde? D'accord, mais à une condition: toi d'abord! Tu me parles de ton presque petit copain et je te parle de ma presque ex…

— C'est un gars de mon école, un peu plus vieux que moi. Il s'appelle Thierry. On s'est rencontrés à un spectacle de musique. Il joue de la guitare basse dans le même groupe que mon frère. Quand on s'est revus à la polyvalente, on s'est parlé et ça a cliqué. C'était quelques jours avant mon départ pour la Côte-Nord…

Magali est interrompue dans son récit par la vibration de son téléphone.

— C'est lui.

— Pourquoi tu ne prends pas l'appel?

— Parce que je ne sais pas quoi lui dire. Hier, il m'a demandé si je voulais être sa blonde. Je lui ai répondu qu'on ne se connaissait pas beaucoup.

— Wah! Tu es chanceuse qu'il veuille encore te parler… à moins que tu ne sois pas intéressée?

— Je crois que j'ai peur de sortir avec lui.

— Peur?

— Peur qu'il me fasse de la peine, comme bien des gars qui sortent avec des filles que je connais.

— Donc tu préfères ne pas prendre de risques…

Kenny secoue la tête d'un air navré. Puis, il ajoute:

— *Atimuss*, tu devrais écouter ton *numushum*, la voix qui t'a parlé dans ton *puamum*, la nuit dernière.

— Ah oui! La voix de mon fameux rêve prémonitoire.

— Tu te rappelles ce qu'elle disait?

— "N'aie pas peur. Suis les traces…"

— Tu vois, ton *numushum* te conseillait de ne pas avoir peur.

Magali change vite de sujet.

— À ton tour, maintenant! Raconte-moi ton histoire d'amour.

Juste au moment où Kenny s'apprête à lui révéler son secret, la porte de la maison s'ouvre.

— Ah! Ils n'étaient pas bien loin. Je vous avais dit de ne pas vous inquiéter, lance Alisha en regardant par-dessus son épaule.

Elle a déjà son manteau sur le dos.

— On doit partir, Sajani. Marius se lève très tôt pour la pêche. Il a offert de nous emmener faire un tour quand il reviendra pour que tu puisses rencontrer ton cher Indien.

— Mon… quoi?

— Bien oui! Tu ne te rappelles pas? L'Indien de granit, sur la couverture de ton carnet de bord…

— On va sur Grande-Île?

— Sur celle-là et sur les îles voisines, où on trouve les plus beaux spécimens de monolithes de l'archipel de Mingan, l'informe Marius Cormier, qui s'est approché d'eux.

— Tu vas aimer ça, *Atimuss*.

— Veux-tu te joindre à nous, Kenny? propose le marin.

— Merci, mais je dois aller en ville pour trouver des pièces et réparer mon quatre-roues.

— N'oublie pas d'acheter une provision de petits sapins odorants et de les accrocher à tes miroirs, pour masquer l'odeur du vieux *kaku*!

— Très drôle, *Atimuss*!

Au moment de partir, Magali s'approche de l'oreille de Kenny et lui chuchote:

— J'ai hâte d'entendre ton histoire! Promis?

Il hoche la tête d'un air grave.

— Promis!

15

LE *PUAMUM* PUANT

Cette nuit-là, Magali a du mal à trouver le sommeil. Ses membres, traversés de spasmes, lui rappellent cette scène horrible d'un film où un condamné est exécuté sur une chaise électrique. Pour chasser ces terribles images, elle repense aux événements de la journée. Sa tête devient alors un champ de bataille où le vieux *kaku*, Kenny et Thierry se bousculent pour accaparer ses pensées et ses émotions.

À côté d'elle, sa mère dort comme un bébé. Magali l'envie d'être aussi insouciante et heureuse. Elle règle sa respiration sur celle d'Alisha, profonde et régulière, comme les vagues de l'océan.

Le fracas de l'eau est effrayant. Plus elle avance et plus les traces de Kenny se transforment. Magali suit maintenant une bête terrible. Elle prend conscience que ce n'est pas l'eau de la chute qu'elle entend, mais les grondements d'un animal féroce. Une main la pousse vers l'avant. Elle ne peut reculer. Une voix grave chuchote à son oreille:

— N'aie pas peur du carcajou. Il joue des tours, mais il connaît le chemin.

Magali continue de progresser le long des traces de pattes griffues. Une odeur nauséabonde s'élève du sol, comme si elle provenait des empreintes.

« Ce carcajou pue vraiment des pieds ! »

Magali n'a même plus besoin de regarder par terre. Elle n'a qu'à suivre l'odeur. Bien vite, elle trébuche sur une masse étendue en plein milieu du chemin. Elle baisse les yeux et découvre la carcasse d'un rorqual en décomposition.

Comme dans les rêves les plus fous, la présence d'un rorqual en plein bois ne lui semble pas plus étrange que tout le reste. Magali en déduit que c'est un tour du carcajou.

« J'aurais dû continuer de suivre ses traces, et pas l'odeur… »

Au moment où elle se demande comment elle va faire pour retrouver les empreintes et rejoindre Kenny, la jeune fille entend un long gémissement qui la fait frémir. Elle n'arrive plus à bouger.

« Ce doit être un autre tour du carcajou. »

Cependant, l'odeur devient si persistante qu'elle doit faire quelque chose…

Lorsque Magali se réveille, sa mère est assise dans le lit, à ses côtés. Elle a allumé sa lampe de chevet et lit.

— C'est mon journal intime! s'exclame Magali en s'asseyant dans le lit.

— Oh! Je vais t'expliquer, Sajani. Cette nuit, je me suis levée pour aller à la toilette. Par terre, à côté de la baignoire, j'ai trouvé ton carnet de bord. Je trouvais ça étrange que tu l'aies laissé là. Je l'ai ramassé. Comme j'avais du mal à me rendormir, je me suis mise à lire les premières pages. Si j'avais su que tu t'en servais comme d'un journal intime, je ne l'aurais pas lu! Rassure-toi, je n'ai lu que le début. Tiens. Je te le rends. Tu devrais le laisser ouvert, pour chasser cette odeur épouvantable.

Magali reprend son carnet. Elle remarque alors que la senteur, au lieu de diminuer, a nettement empiré. Elle ressemble tout à fait à celle du rorqual en décomposition de son rêve.

— Pouah! Si tu promets de ne plus lire mon journal et que tu as un truc pour faire disparaître cette odeur, je te pardonne.

— Je te jure de ne plus y toucher. Par contre, pour l'odeur, ça va être un peu plus compliqué. Mais peut-être que...

Alisha se lève et prend dans ses bagages un sac de cuir.

— C'est un sac de médecine que m'a offert la grand-mère de Kenny. Tiens. Quelques branches de foin odorant. Glisse-les entre les pages de ton livre. On ne sait jamais... J'en mets aussi quelques branches sous ton oreiller. Il paraît que ça aide à se calmer.

Après avoir inséré le foin entre les pages, Magali dépose son carnet le plus loin possible du lit, sur la petite tablette près de l'entrée et de la fenêtre donnant sur la mer. Elle l'entrouvre avant de retourner se coucher. Alisha caresse doucement la chevelure de sa fille, comme lorsqu'elle était toute petite. Bien vite, Magali se rendort. À présent, c'est Alisha qui a de la difficulté à se rendormir. Si elle a lu le carnet de bord-journal intime de sa fille, c'est pour mieux la comprendre. Et ce qu'elle a lu confirme ce qu'elle croyait.

Magali a besoin d'affronter ses peurs, mais pour y parvenir, elle doit avoir confiance en elle. Alisha aimerait l'aider, mais comment? Avant, elle comptait beaucoup sur Sébastien pour veiller sur les enfants. Ça fonctionnait à merveille avec Laurent, qui ressemble beaucoup à son père. Mais pour Sajani, c'est une autre histoire. Les bons plats de Sébastien, ses excursions interminables en voiture, ses «jokes de gars» n'ont pas le même effet sur sa fille que sur son garçon. Magali-Sajani a besoin de sa mère pour trouver cette confiance que seule une femme peut donner à une autre femme. Alisha médite sur cette pensée jusqu'au matin.

Une délicieuse odeur de crêpes réveille Magali, quelques heures plus tard. Elle s'étire dans son lit. Si elle le pouvait, elle ronronnerait.

— Bonjour, ma belle aventurière! On va avoir du beau temps pour notre excursion dans les îles, annonce Alisha en ouvrant grand les rideaux. Regarde: on dirait un ciel d'été!

Magali saute du lit et se cogne l'orteil sur la patte arrière du fauteuil. Mais il en faut plus pour la distraire. Elle bondit jusqu'à son carnet et tourne les pages pour le humer.

— Il me semble que ça sent moins mauvais. Mais c'est peut-être l'odeur des crêpes qui camoufle celle du vieux *kaku*.

— Si tu crois que ça peut aider, on pourrait glisser quelques crêpes entre les pages.

— S'il en reste! réplique Magali en s'asseyant à table.

— Je te recommande chaudement ce beurre de chicoutai pour les accompagner.

Même si l'adolescente mange toujours ses crêpes avec du sirop d'érable, elle décide de tenter l'expérience.

— Délicieux! Décidément, ce fruit se prête à toutes les recettes.

— Tout à fait d'accord avec toi! C'est un autre cadeau de Marguerite. Elle m'a confié qu'en plus d'être délicieuse, cette petite baie a des vertus secrètes et insoupçonnées.

En avalant ses crêpes, Magali essaie d'imaginer quelles vertus mystérieuses un si petit fruit peut bien posséder. Prévenir le cancer? Le vieillissement? L'arthrite? Si la chicoutai pouvait chasser ses «*puamum* de castor», elle en mangerait tous les soirs avant de s'endormir.

— Avant la fin de notre voyage, il faut absolument aller visiter Rivière-au-Tonnerre. Il paraît que c'est l'un des plus beaux villages de la Côte-Nord. Mais surtout, il y a là-bas une boutique spécialisée dans la vente de produits à base de chicoutai. J'aimerais en apprendre plus sur tout ce qu'on peut faire avec cette petite baie.

— Rivière-au-Tonnerre… Ce nom me dit quelque chose.

Magali réfléchit. Qui a bien pu lui parler de cet endroit? Soudain, elle se souvient d'une conversation de Kenny avec un de ses cousins, lors du grand rassemblement dans la forêt de Natashquan. Ce dernier lui avait demandé des nouvelles de sa petite amie et voulait savoir où elle demeurait. Kenny avait répondu que celle-ci restait la semaine à Sept-Îles pour ses études, mais que, la fin de semaine, elle retournait à Rivière-au-Tonnerre. Ce nom avait frappé Magali. Surtout à cause de la voix grave que Kenny avait prise en le prononçant, comme si un orage grondait dans sa poitrine.

16

« ÇA »

Leur projet d'expédition dans les îles Mingan s'avère beaucoup plus compliqué que prévu. Pendant qu'Alisha remue ciel et terre à la marina, Magali a pour mission de préparer le pique-nique qu'elles feront sur Grande-Île. Mais avant de s'y atteler, la jeune fille se téléporte chez Jade.

Leur conversation a commencé d'une étrange façon. Son amie lui a annoncé une terrible nouvelle.

— Tu aurais pu attendre de m'en parler.

— J'ai attendu ton appel toute la soirée!

— Je vais t'expliquer, Jade. On avait un souper avec des gens qu'on a rencontrés et…

— Kenny était là?

— Oui.

— Je le savais! En tout cas, tu aurais pu répondre quand Thierry t'a appelée. Tout ça ne serait pas arrivé.

Le fameux «ça» est dur à avaler. Magali voudrait terminer la téléportation et méditer sur «ça». Mais elle ne veut pas mettre son amitié avec Jade en péril. Même pour «ça».

— Tu es certaine que tu ne m'en veux pas?

— Pas trop! Juste un peu. Mais je trouve bizarre que Thierry t'ait demandé à toi, ma meilleure amie, de l'accompagner à son bal des finissants.

Troublée, Jade baisse les yeux. Elle n'a pas dit toute la vérité à Magali.

— Jade? Qu'est-ce qu'il y a?

— C'est moi qui lui ai suggéré de l'accompagner.

— QUOI?

— Hier, Thierry a essayé de te joindre plusieurs fois. Il t'a aussi laissé des messages te demandant de le rappeler. Il voulait t'inviter à son bal... même si tu n'as pas accepté d'être sa blonde.

— Ensuite?

— Ensuite, il m'a envoyé un texto me confiant qu'il ne savait pas quoi faire. Il fallait qu'il donne une réponse aujourd'hui, pour le bal. Alors j'ai essayé à mon tour de te joindre, sans plus de succès. J'étais "fru" que tu ne me rappelles pas.

— C'est parce que tu étais "fru" que tu as fait "ça"?

— Peut-être...

Magali secoue tristement la tête. Elle sent les larmes monter. Jamais elle n'aurait cru que sa meilleure amie, qu'elle connaît depuis toujours, puisse lui voler son premier amoureux! Même s'il n'est que son presque petit ami… Tout ça parce que Magali n'a pas répondu immédiatement à ses appels. Pendant que celle-ci tente de ravaler ses larmes, Jade poursuit ses explications:

— J'ai pensé que ce serait sûrement mieux si c'était moi qui l'accompagnais que si je laissais une des plus belles filles de l'école le faire à ma place. Tu sais qu'elles n'arrêtent pas de lui tourner autour. C'est un beau gars, un musicien, en plus! Là, tu n'as rien à craindre, je ne vais pas te le voler, je vais juste l'accompagner au bal des finissants. N'oublie pas que j'ai déjà un chum. Si tu veux, je peux même chaperonner ton beau Thierry!

— Tu voudrais peut-être que je te prête une robe?

— Je voulais justement t'en parler…

Magali ne peut retenir son geste. D'un seul clic, elle met fin à la conversation. Son amie disparaît de l'écran de son ordinateur. Peut-être aussi de sa vie… «Si j'avais su que "ça" arriverait, je n'aurais peut-être pas accepté de faire ce voyage», regrette-t-elle.

L'adolescente se réjouit que sa mère ne soit pas là. Elle a juste envie d'être seule et de pleurer tout son saoul. Pendant un long moment, elle se laisse envahir par la tristesse, comme si elle voulait s'y noyer. Puis, elle sent une vague monter en elle et la soulever. Un élan de colère contre elle-même. « J'aurais dû accepter d'être la blonde de Thierry. Je n'aurais pas perdu ma meilleure amie ! »

Dans sa rage, elle prend son carnet toujours aussi nauséabond pour en déchirer les pages.

17

AU CREUX DES PAGES

Jour 5 — Studio de Havre-Saint-Pierre

Cher Indien,

Ce matin, en plus de me chicaner avec ma meilleure amie, je me suis battue avec toi. Heureusement, tu ne t'es pas laissé faire! J'ai commencé par déchirer quelques pages blanches de la fin, derrière ton dos. Je ne voulais pas que tu me fixes des yeux pendant que je te martyrisais. Soudain, une sorte de poudre est tombée sur le plancher. Elle sortait d'une page que j'avais déchirée. En fait, c'étaient deux pages qui avaient été collées ensemble, pour faire un genre de sachet.

Cette poudre, d'un rose très pâle, dégageait une odeur écœurante. Je n'osais même pas imaginer ce que c'était! Il y avait autre chose de vraiment bizarre à l'intérieur de ces pages. Un message écrit d'une main tremblante: «Extrait de chicoutai du docteur Puyjalon».

Là, j'ai vraiment hâte que ma mère revienne pour lui montrer ça! Elle est partie chercher un nouveau bateau et un nouveau capitaine pour notre expédition sur les îles. En l'attendant, au lieu de te détruire ou de préparer des sandwichs, comme ma mère me l'a demandé, je vais te raconter notre « presque expédition » avec Marius, qui devait nous accompagner jusqu'à toi.

Nous sommes sorties du studio vers dix heures, pour aller rejoindre Marius à la marina. Lorsque nous sommes arrivées, il était en train de discuter avec d'autres pêcheurs. Ils parlaient du vieux fou qui leur avait encore joué un tour. Intriguée, je me suis approchée pour les écouter. Ils étaient furieux!

—Moi, il m'a volé mon moteur de bateau, hier!

—Et moi, il a pris mes rames, avant-hier.

—On le sait toujours quand c'est lui. Ça pue sans bon sens!

Quand Marius a remarqué notre présence, il s'est avancé vers ma mère. Il avait l'air désolé.

—Je crois qu'on va devoir remettre notre excursion à plus tard. Je me suis fait voler mes casiers à crabes pendant la nuit.

Comme les seuls casiers que je connaisse sont ceux de l'école, il nous a montré à quoi ressemblaient ceux qu'on utilise pour la pêche au crabe, sur le bateau voisin du sien. Ce sont des paniers de broche avec lesquels on attrape les crustacés. Contrairement aux casiers d'école, les casiers à crabe n'ont malheureusement pas de cadenas pour décourager les voleurs. Marius était dans tous ses états. Il faut dire que c'est la saison du crabe et qu'il n'a que quelques semaines pour pêcher son quota.

—Là, il va falloir que j'aille au poste de police pour déclarer le vol, que je contacte mon assureur, puis que je me rende jusqu'à Sept-Îles pour acheter de nouveaux casiers.

—Nous comprenons parfaitement, a assuré ma mère.

Puis, elle lui a demandé qui était ce vieux fou dont les pêcheurs parlaient. Marius nous a raconté qu'un homme vit en ermite sur l'une des îles, il ne sait pas trop laquelle. Il vient parfois faire un tour à Havre-Saint-Pierre, lorsqu'il a besoin de quelque chose. Mais il a la mauvaise habitude de se servir sans payer, laissant derrière lui, comme carte de visite, une odeur affreuse qui colle à tout ce qu'il a touché.

Je ne sais pas ce que tu en penses, cher Indien, mais je trouve que cette description *ressemble beaucoup à celle que je ferais du vieux kaku...*

Magali referme son carnet. Depuis qu'elle a déchiré les pages collées contenant la poudre mystérieuse, celui-ci a presque perdu sa senteur épouvantable. Mais l'odeur persiste dans la pièce. Elle s'échappe de la petite corbeille où l'adolescente a jeté les feuilles.

«Il faudrait que je les apporte à l'extérieur du studio», se dit-elle en observant les feuilles froissées.

Magali les saisit en prenant garde de ne pas faire tomber la poudre qu'elles contiennent. Elle sort et se dirige vers la benne à ordures, au bord du chemin, son petit tas au bout des doigts. Elle s'apprête à jeter le tout lorsque la lumière du jour laisse transparaître un gribouillis, entre deux feuilles. Elle les déplie avec précaution et laisse tomber la poudre rose dans la benne à ordures. Puis, elle retourne à l'intérieur, en tenant toujours les feuilles qu'elle étend sur la table de la cuisine. Un dessin malhabile, tracé d'une couleur très pâle, montre trois cercles inégaux.

«Je ne vois vraiment pas ce que ça représente. On dirait des amibes qui flottent dans...»

Une image lui vient en tête.

«… qui flottent dans le fleuve, comme des îles…»

Magali s'empresse d'aller chercher une carte de l'archipel de Mingan. Elle l'ouvre sur le fauteuil et suit du doigt le chapelet d'îles, tout en le comparant avec le dessin mystérieux. Elle en trouve trois qui correspondent aux mystérieuses amibes tracées sur les feuilles. «Celle qui est allongée serait l'île Niapiskau, déduit-elle. La plus petite, accompagnée d'un genre de petit caillou, l'île Quarry, et la plus grande des trois… Grande-Île!»

Elle se précipite vers son carnet et lit de nouveau l'inscription qui accompagne la photo du monolithe, sur la page couverture: «Grande-Île, Profil de l'Indien». Elle ouvre son carnet à la recherche des petites taches que le vieux *kaku* a laissées au creux des pages, lorsqu'il a «emprunté» son livre, à Natashquan.

«Les voilà! Et ici, il y a un tracé, comme un chemin qui contourne des formes de roches», remarque-t-elle en suivant la ligne de l'index. Son doigt s'arrête sur un X. «Le chemin s'arrête ici, à droite de cette roche en forme de profil… d'Indien!»

Magali laisse échapper un cri d'étonnement. Fébrile, elle fait les cent pas autour de la table en triturant son pendentif à tête d'ours. Elle a vraiment hâte que sa mère revienne pour lui montrer ce qu'elle a découvert!

18

L'EXPÉDITION

Le cellulaire de Magali émet sa petite rengaine en vibrant sur la table. Elle le saisit et lit un texto de sa mère.

T'attends sur la plage, près de la marina. Suis dans le petit bateau rouge

J'arrive avec les sandwichs... Moutarde ou mayo ?

La jeune fille attend la réponse quelques minutes.

« Tant pis ! Ce sera moutarde d'un côté et mayo de l'autre », décrète-t-elle en déposant les sandwichs emballés dans son sac à dos, entre son carnet rescapé et son appareil photo. Dans la pochette de devant, elle glisse les dessins des trois îles. Après avoir pris soin de bien fermer la porte à clé, elle se dirige à grandes enjambées vers l'endroit indiqué par sa mère, près de la marina.

Lorsqu'elle arrive, elle aperçoit une embarcation au bord de l'eau. Mais elle n'est pas rouge, comme l'avait dit Alisha, mais brun et jaune, avec une petite bordure rouge. Un grand marin barbu se tient debout, à l'extérieur de la petite cabine du bateau. Il semble attendre quelqu'un. Magali s'approche.

— Madame… Kurian?

— Ce n'est pas moi, c'est ma mère. Elle m'a donné rendez-vous ici dans un bateau rouge.

— Ah! Ben, je crois que je l'ai croisé. Je suis arrivé au moment où il prenait le large, indique le marin en pointant du doigt un bateau qui file au loin.

Magali a un mauvais pressentiment. Elle tente de ne rien laisser paraître pour ne pas alarmer le propriétaire du bateau. Comme Alisha le ferait pour persuader un client, sa fille redresse les épaules et fixe le marin en hochant légèrement la tête.

— Elle a dû se tromper de bateau. Je connais ma mère: tout ce qui est rouge l'attire.

L'homme la dévisage d'un air perplexe.

— Bon, eh bien… je vais m'en retourner et essayer de trouver d'autres clients!

— Attendez! On pourrait suivre le bateau rouge et rejoindre ma mère… Je suis certaine qu'elle va vouloir continuer l'expédition avec vous, ajoute-t-elle en souriant.

Le marin hésite un instant.

— Bon, d'accord! De toute façon, ta mère a déjà payé l'excursion. Allons-y avant de les perdre de vue, clame-t-il en lui tendant la main pour l'aider à monter à bord.

Aussitôt que Magali a mis son gilet de sauvetage, le marin pousse son bateau dans l'eau et met le moteur en marche. Pendant un moment, la chaloupe saute comme un mouton sur les vagues. Magali doit se cramponner à son siège pour ne pas rebondir. Puis, lorsqu'ils ont gagné le large, le capitaine ralentit l'allure.

— Viens dans la cabine! Il fait plus chaud et tu verras beaucoup mieux.

Magali se lève et se dirige tant bien que mal vers la petite cabine. Elle se place à côté du marin, qui fixe le large.

— Je m'appelle Jean Lapierre, fait-il sans quitter l'horizon des yeux.

— Magali Kurian-Côté.

— Tu peux te compter chanceuse. Il y a beaucoup de monde pour t'accueillir. Regarde là-bas.

Jean Lapierre lui désigne un immense tapis blanc et jaune déposé sur l'eau. La touriste prend son appareil photo et ajuste l'objectif pour mieux voir. Une multitude d'oiseaux marins flottent sur la mer aile contre aile, comme pour se tenir chaud.

— On les appelle les eiders à duvet. Ils viennent d'arriver des mers du Sud. Et regarde qui vient nous accueillir.

Cette fois, elle n'a pas besoin de son objectif pour distinguer trois dauphins à l'air espiègle qui exécutent un véritable numéro de nage synchronisée près du bateau. Pendant un moment, Magali observe et photographie tous les oiseaux et mammifères marins que lui désigne Jean Lapierre. Petits pingouins et grands hérons, marsouins et loups-marins curieux lui font oublier ses craintes.

— Nom d'une mouette! Je crois que le bateau rouge va accoster à droite de l'île Niapiskau.

— Vous trouvez ça étrange?

— Ce n'est pas le temps d'aller là, il y a des perroquets qui nichent dans les rochers. On va les déranger.

— Des perroquets?

— Pas comme ceux des tropiques. On les surnomme les perroquets de mer à cause de leur gros bec coloré. D'autres les appellent les calculots, parce qu'ils bougent la tête comme s'ils calculaient. Mais ce sont des macareux moines. Regarde! Ils nous ont aperçus et viennent nous prévenir.

En effet, un groupe de ces étranges canards-oiseaux volent si près du bateau que Magali a l'impression qu'ils veulent monter à bord. Leurs têtes sont aussi colorées que des visages de clowns.

— Nous prévenir de quoi?

— Que ce n'est pas le temps de s'approcher des récifs!

Fascinée par la faune marine, Magali n'avait guère remarqué l'aspect de l'île, devant eux. D'énormes parois rocheuses de couleur ocre sont percées de trous, comme d'une multitude de fenêtres occupées chacune par un macareux. On ne distingue que leur tête de clown qui bouge de haut en bas.

— Ah ben, ça par exemple!

— Quoi?

— Ils vont accoster à l'anse du Nord, tout à fait à l'autre bout de l'île. Je n'aime pas ça. Il y a des hauts fonds et on est à marée basse.

Jean Lapierre scrute tour à tour le large et ses appareils, comme s'il imitait le mouvement de tête des calculots.

— Nous approchons. Tiens! Prends mes jumelles et avertis-moi si tu vois le bateau rouge.

Magali scrute le bord de l'île centimètre par centimètre, sans se laisser distraire par les nombreux canards et loups-marins venus leur souhaiter la bienvenue. Soudain, elle remarque une embarcation à demi camouflée par les rochers.

— Là-bas!

Le marin sue à grosses gouttes en effectuant sa manœuvre d'approche. Puis, il arrête le moteur et laisse les vagues les transporter jusqu'à l'anse minuscule, entre les rochers. Aussitôt qu'elle peut descendre du bateau, Magali saute et, d'une démarche chancelante, marche vers le bateau rouge.

— Maman? Es-tu là?

Elle monte à bord et entre à l'intérieur de la cabine. Vide!

— Il n'y a personne? demande Jean Lapierre.

Pour toute réponse, Magali fait non de la tête. Ses yeux se remplissent de larmes.

— Bah! Ils ne doivent pas être bien loin. Suivons leurs traces. Ils ont sûrement emprunté le sentier à Samuel pour aller voir la "bonne femme".

— Quelle bonne femme?

— C'est un gros rocher de calcaire, sculpté par la mer, qui a la forme d'une bonne femme.

— C'est loin?

— Environ quatre kilomètres. Ça se fait bien, surtout à marée basse.

Magali pousse un long soupir. Si elle avait su qu'elle devrait autant marcher durant ce voyage! Avant de s'engager sur le sentier, le marin scrute le sol comme s'il cherchait quelque chose.

— Je ne comprends pas. Il n'y a aucune trace de pas.

Pendant un instant, Magali a l'impression d'être encore dans un de ses rêves des derniers jours, où elle devait retrouver des traces de pas. Un peu plus et elle demanderait à monsieur Lapierre de la pincer pour sortir de son «*puamum* de castor».

— Tu veux quand même y aller?

— Je ne sais pas.

— Retournons au bateau. Il y a sûrement une explication.

De retour au bord de l'eau, Magali remonte dans le bateau rouge à la recherche d'indices pendant que le marin tourne lentement autour de la chaloupe en marmonnant de mécontentement.

— ... mieux à faire que de suivre des fantômes... Elle aurait pu attendre la petite...

Pour tout indice, la jeune fille reconnaît la fameuse odeur dont toute la cabine est imprégnée. «C'est le vieux *kaku* qui conduisait le bateau, déduit-elle. Je le savais!»

Jean Lapierre pousse alors un formidable juron, comme s'il voulait faire fuir tous les macareux des falaises. Inquiète, Magali se précipite à l'extérieur de la cabine.

— Ils sont repartis par la mer, hurle-t-il pour couvrir les cris des oiseaux alarmés.

Le marin pointe du doigt une marque dans le sable.

— Regarde! On voit la trace laissée par la quille d'un troisième bateau. Et ici, des pas… Ta mère porte des talons hauts pour aller en bateau?

Magali hoche doucement la tête en poussant un soupir de découragement. L'homme la fixe en se grattant la tête. Puis, comme tout bon capitaine, il prend une décision:

— Allez, on remonte! On a assez perdu de temps. Ta mère et l'autre zozo sont sûrement retournés à Havre-Saint-Pierre. À l'heure qu'il est, elle doit être en train de te chercher là-bas.

— Non!

— Non?

— Ils ne sont pas retournés à Havre-Saint-Pierre.

— Et tu crois savoir où ils sont allés? l'interroge le marin en la toisant avec un demi-sourire.

— Oui. J'en suis certaine, répond Magali en fouillant dans son sac duquel elle sort les étranges dessins qu'elle lui montre.

Celui-ci reconnaît les trois îles.

— Il n'y a pas de doute, on voit l'île Niapiskau, l'île Quarry et Grande-Île.

— Regardez la petite croix, sur Grande-Île.

— On dirait qu'elle indique l'anse à Loups-Marins.

— Attendez! J'ai un autre dessin à vous montrer.

Magali sort son carnet de bord et l'ouvre à la page centrale.

— Tenez, là, au milieu des pages.

Pendant un long moment, le marin observe le tracé malhabile. Il prend soudain un air inquiet. Puis, il devient de plus en plus pâle. La jeune fille l'entend murmurer, les lèvres serrées, comme s'il ne voulait pas laisser s'échapper les terribles mots qui lui viennent à l'esprit.

— L'ancien chemin forestier... le lac Hamilton... les fantômes du château...

— Les fantômes? Quels fantômes?

— De vieilles croyances... D'ailleurs, ce chemin a presque disparu. Les touristes font plutôt le tour de l'île par la côte. Mais pourquoi me montres-tu ces dessins d'enfant?

— Ce ne sont pas des dessins d'enfant. Quelqu'un les a laissés à mon intention.

— Quelqu'un?

— Le vieux fou qui pue, vous le connaissez?

— Tu veux parler de celui qui s'amuse à nous voler depuis des années?

— Sentez! l'invite Magali en approchant son carnet du nez de Jean Lapierre.

— Ouach! C'est bien la senteur du vieux fou!

— Si vous allez dans la cabine du bateau rouge, vous allez retrouver la même odeur.

Cette fois, le visage de l'homme devient rouge et ses yeux lancent des éclairs.

— Il m'a volé plusieurs fois des casiers remplis de homards. Je me suis promis qu'un jour, j'allais le coincer.

— Je suis certaine qu'ils sont là-bas, sur Grande-Île.

— Il n'y a pas de temps à perdre. La marée monte et, bientôt, on ne pourra plus les suivre, une fois sur Grande-Île. Le chemin qui en fait le tour va être complètement inondé et dangereux.

Aussitôt à bord, le marin engage son bateau dans l'étroit chenal, entre falaises et récifs. Puis, lorsque le passage devient plus sécuritaire, il se tourne vers Magali.

— Moussaillon, tu vas tenir la barre pendant que je vais envoyer un message radio. Tu n'as qu'à garder le cap sur le gros rocher, là-bas.

Les mains tremblantes, la jeune fille prend le gouvernail. Lorsque Jean Lapierre constate qu'elle s'en tire, il met ses écouteurs et s'empare du micro de l'appareil radio.

— Caillou appelle Sentinelle! Caillou appelle Sentinelle!

De faibles grésillements parviennent aux oreilles de Magali. La communication semble être établie.

— Je me dirige vers la bête puante, à Grande-Île. Anse à Loups-Marins.

Après son appel, le capitaine reprend les commandes, l'air plus détendu.

— On va passer devant l'île Quarry. Tu vas voir de très beaux monolithes. Profites-en pour prendre des photos!

Magali ne se fait pas prier. Elle tire à bout portant sur ces étranges sculptures façonnées par la mer. Certaines, coiffées d'herbes et de petits sapins, ressemblent à des pots de fleurs ou à des têtes chevelues. D'autres évoquent des animaux ou les ruines d'anciens manoirs. Seuls habitants de ces lieux magnifiques, les oiseaux les observent, juchés sur leurs promontoires de calcaire.

Entre l'île Quarry et Grande-Île, la mer reprend ses droits, profonde et mystérieuse.

— Rorqual à bosse à tribord! s'écrie le marin en désignant une forme entre les vagues.

Magali a tout juste le temps de pointer son objectif qu'une gigantesque baleine bondit tout près du bateau. Elle les accompagne pendant un moment, en nageant avec grâce malgré sa grande taille. Ravie, la jeune fille la photographie sous tous ses angles.

— On approche de Grande-Île! Tu devrais prendre les jumelles et scruter le littoral. Il y a un seul chemin qui fait le tour de l'île. C'est par là que le fou et ta mère vont passer. À ce temps-ci, ils sont sûrement les seuls humains à se promener sur l'île.

Comme pour le contredire, une multitude de petits cris se fait entendre. Magali pense aussitôt à une cour d'école primaire, à l'heure de la récréation.

— Les loups-marins sont de retour, lui apprend le capitaine en pointant un groupe de phoques gris, allongés sur un rocher.

Mais l'adolescente ne quitte pas le sentier des yeux. Ils sont à présent assez proches de l'île pour qu'elle puisse y distinguer le moindre mouvement à l'aide des jumelles.

— Là! Je vois le bateau du *kaku*.

— Le *kaku*?

— Le vieux fou! Regardez, juste là…

Jean Lapierre se met à maugréer dans sa barbe.

— Il n'aurait pas pu accoster dans l'anse à Loups-Marins, comme tout le monde?

Une chaloupe blanche et verte flotte dans une anse minuscule, entre de gros galets. Impossible pour eux d'aborder au même endroit.

— Continue de bien fixer le chemin. Je vais aller accoster de l'autre côté des galets.

La manœuvre d'approche est difficile. Le vent s'est levé et les vagues menacent de faire échouer leur bateau contre les galets. Magali a le cœur au bord des lèvres. Elle inspire profondément et reste rivée à ses jumelles. Ce n'est pas le moment d'être malade!

Enfin, l'anse à Loups-Marins apparaît. Les nombreux phoques sur la grève forment un comité d'accueil des plus bruyants. C'est à peine s'ils se déplacent de quelques mètres pour les laisser descendre du bateau. Pendant que le marin attache solidement l'embarcation, la jeune fille fait quelques pas sur la terre ferme.

— On y va? demande-t-elle en tentant de se faufiler entre les mammifères.

— Non. On va attendre les renforts.

— Quels renforts ?

— Un ami à moi, un enquêteur de la police. Il devrait arriver d'ici une vingtaine de minutes. Ça fait longtemps qu'il suit la trace du vieux voleur. De toute façon, tu ne peux pas aller sur le sentier. La marée monte et c'est dangereux.

Tout en faisant le pied de grue entre les loups-marins, Magali bouillonne de rage. Son moteur menace d'exploser, comme dirait son père. Elle s'efforce de se calmer et se met à réfléchir. « Le vieux *kaku* a entraîné ma mère sur un autre chemin. Celui que Jean Lapierre refuse de prendre, l'ancien chemin forestier... Le marin était vert de peur quand il a vu le dessin, dans mon carnet de bord. Il a parlé d'un lac, de fantômes et d'un château... »

Pas question d'attendre les renforts ! Sa mère est peut-être en danger et Magali ne dispose que de très peu de temps pour la retrouver. Car elle se doute bien que si le *kaku* lui a laissé un message dans son carnet, ce n'est pas pour que la police le retrouve. Elle décide d'inventer un prétexte pour s'éloigner.

Elle arrime solidement son sac à dos sur ses épaules. Puis, d'une voix pressée, elle annonce :

— Il faut que j'aille au petit coin. C'est urgent !

— Il n'y a pas de toilettes, dans le coin. Un arbuste, ça fera l'affaire?

— Oui, oui! assure-t-elle en s'éloignant.

— Ne va pas trop loin.

— Non, non.

L'adolescente se précipite vers un bosquet de petits conifères, en bordure du sentier. Pendant que le marin vérifie que son bateau est bien amarré, elle en profite pour s'enfuir sur le sentier, à quatre pattes, comme un sanglier. Devant elle, les empreintes larges du vieux *kaku* et celles, plus fines, des souliers à talons hauts de sa mère lui indiquent qu'elle est sur la bonne voie.

Elle a déjà parcouru une bonne distance lorsqu'elle entend Jean Lapierre l'appeler au loin.

— Magali? Ça va?

N'obtenant pas de réponse, le marin répète sa question à plusieurs reprises. Mais sa voix devient de plus en plus faible, emportée par l'éloignement et le bruit de la mer. La marée monte. Les vagues, de plus en plus hautes, viennent à présent lécher les abords du sentier. Plus que de se faire rattraper par le marin, de glisser sur les roches mouillées ou d'être emportée par une vague, la jeune aventurière craint surtout que l'eau n'efface les traces de pas.

Brusquement, celles-ci disparaissent et le sable devient lisse, comme un tableau de classe avant un cours. Magali tourne la tête dans tous les sens. «Ils ne se sont quand même pas volatilisés! Où sont-ils passés?» se demande-t-elle.

Elle remarque, non loin d'elle, un bosquet de foin séché. Au milieu, les herbes semblent avoir été piétinées, comme si sa mère et son ravisseur avaient quitté le sentier.

Elle fait de même et suit le trajet d'herbes écrasées. Bien vite, elle arrive à l'orée d'une forêt de conifères. «Ce doit être ici que commence l'ancien chemin forestier…»

19

LAMENTATIONS

Contrairement à la peur qu'elle avait ressentie en pénétrant dans le bois sur le quatre-roues de Kenny, cette fois, c'est du soulagement que Magali éprouve. Elle peut enfin avancer debout, sous le couvert des arbres. Le regard rivé au sol, elle suit le sentier envahi par la végétation du mieux qu'elle peut.

Tout absorbée par la recherche d'empreintes ou d'indices du passage de sa mère et du vieux *kaku*, elle heurte de plein front une vieille planche qui ne tient plus que par un clou sur un arbre.

Le morceau de bois tombe à ses pieds. Dessus, elle décrypte quelques mots à moitié effacés :

— "Chemin du Lac Hamilton"… Je suis sur la bonne voie ! s'encourage-t-elle.

Un autre indice lui confirme que le vieux *kaku* est bien passé par là : une odeur qui ne trompe pas. Magali pourrait presque continuer sans scruter le sol. Mais son dernier rêve lui a bien servi. La jeune fille sait qu'elle ne doit pas perdre les traces de vue.

Cette fois, tout comme le loup-marin et le perroquet-calculot, sa tête oscille de haut en bas, du sol à la cime des arbres. Après quelques kilomètres, une forme lumineuse attire son attention. La jeune fille aperçoit au loin, entre les branches de bouleaux bourgeonnants, une longue nappe d'un blanc immaculé. «C'est sûrement le lac Hamilton!» se dit-elle.

Au même moment, un bruit de voix étouffées lui parvient. Elle reconnaît celle de Jean Lapierre. Une deuxième, beaucoup plus grave, lui répond par monosyllabes: sûrement l'enquêteur de police! Ils ne semblent pas être très loin derrière elle. Elle perçoit aussi un autre bruit, devant. Une sourde lamentation.

Magali doit à la fois poursuivre le vieux *kaku*, fuir les deux hommes et peut-être affronter des fantômes. Elle se met à courir vers le lac. Quand elle atteint la rive, les traces disparaissent de nouveau dans les hautes herbes au bord de l'eau.

Découragée, la jeune fille ne sait plus où aller. Elle doit prendre une décision avant que les deux hommes la rejoignent. Son regard croise un couple de canards, tout près d'elle. Aussi soudainement qu'ils sont apparus, ils disparaissent en nageant entre deux rochers. Magali décide de les suivre.

«Il y a sans doute un cours d'eau par là», conclut-elle. En effet, elle arrive bientôt devant un petit ruisseau tranquille et peu profond. À peine visibles, elle découvre un canot et une pagaie. Elle met l'embarcation à l'eau et monte à bord.

Tout en essayant de maintenir son équilibre, la jeune fille imite les mouvements des cousins de Kenny qu'elle avait observés pagayer sur la rivière Natashquan. Un faible courant lui permet d'avancer sans trop de difficulté. Les voix des deux hommes s'estompent. Ils semblent avoir rebroussé chemin.

Autour d'elle, la végétation se transforme. Les arbres deviennent de plus en plus chétifs. La route d'eau se poursuit entre les quenouilles. Tout est si paisible autour du canot! Les seuls sons qu'elle perçoit sont des gazouillis d'oiseaux, heureux de retrouver leur île après l'hiver. Certains roucoulements amoureux sont si beaux qu'elle en oublie presque sa mission.

Sa barque est soudain freinée par un obstacle. Magali tourne la tête et aperçoit un énorme barrage de castor. Impossible d'aller plus loin. Un autre canot gît tout près, renversé sur une petite avancée de terre. La jeune aventurière descend de son embarcation et la place à côté de l'autre avant de s'engager sur les traces boueuses qui remontent le long du ruisseau. À chaque pas qu'elle doit arracher à la terre mouillée, elle se demande comment sa mère a réussi à passer par là avec ses talons hauts.

Elle a bientôt la réponse à sa question. Sa mère semble avoir perdu un soulier. Une empreinte de pied gauche apparaît. Suivie de celle d'une chaussure droite. Afin d'éviter les mauvaises surprises, l'adolescente prend soin d'inspecter les alentours et, surtout, d'écouter. Pour l'instant, elle n'entend que les oiseaux. Le sentier suit le ruisseau, sous le couvert des arbres. Magali aimerait bien savoir combien de temps elle va devoir marcher avant de retrouver sa mère.

Le paysage change un peu et les sons aussi. De nouveau, la même plainte nostalgique que plus tôt résonne. Cette fois, les lamentations sont plus fortes, comme si Magali se dirigeait vers elles. «Je vais bientôt rencontrer mes premiers fantômes!» s'affole-t-elle.

La jeune fille n'ose pas trop imaginer les créatures qui se lamentent de la sorte. Pour accompagner ces chants sinistres, la brume s'est levée et monte au-dessus de la cime des arbres. À travers ces volutes de vapeur d'eau, elle distingue des formes sombres, mystérieuses. Certaines ressemblent à des géants ou à des animaux préhistoriques. Entre chacune des longues plaintes qui semblent jaillir de ces silhouettes fantomatiques, le silence est lourd.

Les traces obligent Magali à bifurquer dans une autre direction. Elle gravit une sorte de cap rocheux. Au sommet, devant elle, un étrange château émerge du brouillard. Le vieux chemin serpente vers lui. Plus elle approche, plus l'endroit lui paraît sinistre. Les lamentations se font toujours entendre. Mais cette fois, le château les reproduit en écho.

L'adolescente doit à présent descendre du promontoire pour suivre les traces et s'enfoncer dans le brouillard. Les empreintes disparaissent derrière le rideau de brume. Magali devine qu'elle est sortie de la forêt. Non loin, elle perçoit le bruit des vagues, qui fait paraître la plainte plus douce.

Puis, deux voix percent le brouillard : la première est chantante et la deuxième, très rauque.

20

LES FANTÔMES DU CHÂTEAU

Magali poursuit son avancée à tâtons. Elle ne peut se fier qu'aux voix déformées par une sorte de résonance. «Le son vient de ce côté, à droite du château», constate-t-elle en s'enfonçant de nouveau dans la forêt.

Après quelques centaines de mètres, elle arrive devant un énorme roc. Les échos proviennent de l'autre côté de ce bloc de pierre, qui s'élève à plusieurs mètres au-dessus du sol. La jeune fille longe l'imposant rocher, à la recherche d'une cavité. Un obstacle la fait trébucher. En regardant par terre, elle reconnaît l'extrémité d'un des souliers de sa mère, coincé dans une fissure, le long de la paroi rocheuse.

«Comment a-t-il pu se retrouver là? Je ne suis même pas capable de le bouger. C'est comme si le mur s'était refermé dessus en l'emprisonnant», se dit-elle.

En inspectant les alentours, Magali découvre une autre anomalie, une forme de main grossièrement tracée sur la roche. L'adolescente pose la sienne dessus. Rien ne se produit. Elle essaie une nouvelle fois, en appuyant de toutes ses forces, comme si elle tentait de faire bouger la masse de calcaire.

Un grondement retentit et une section de la paroi pivote légèrement. Juste assez pour que Magali puisse se glisser de l'autre côté. Elle hésite. Les voix lui parviennent plus clairement, maintenant que le rocher s'est ouvert pour la laisser passer. Elle est à présent certaine que l'une d'elles appartient à sa mère.

«Maman est peut-être en danger! Si j'entre et que je me fais attraper par le vieux *kaku*, il n'y aura personne pour nous retrouver. Finalement, j'aurais dû rester avec le marin et attendre l'enquêteur», regrette-t-elle.

Il n'y a pas que les voix qui résonnent dans la caverne. L'odeur du vieux *kaku*, plus intense que jamais, s'échappe en volutes grises par la fente étroite.

«On dirait une grotte. J'espère que je ne vais pas y découvrir un ours, comme le chasseur de Natashquan!»

Curieuse, Magali glisse la tête dans l'embrasure. Ce qu'elle aperçoit a l'apparence d'une caverne, éclairée faiblement par une lumière venue du sol. L'endroit est vide.

Mystérieusement, la voix de sa mère jaillit de la terre et se répercute sur les murs de pierre. N'y tenant plus, Magali pénètre dans la caverne.

L'éclairage provient d'un escalier de pierre, qui descend vers les profondeurs. L'adolescente dépose un pied sur la première marche. Aussitôt, un vrombissement retentit derrière elle. La paroi s'est refermée, l'emprisonnant dans la grotte. « Je n'ai plus le choix, conclut-elle. Il ne me reste qu'à me glisser dans la gueule du loup ! »

Elle descend les marches l'une après l'autre, aux aguets. Elle aboutit dans un passage, éclairé comme dans l'ancien temps par des lampes à l'huile accrochées aux murs. « Pouah ! Quelle senteur atroce ! Comment font-ils pour rester là-dedans ? » se demande-t-elle.

Le dos collé au mur, Magali avance lentement en direction d'une grande pièce, au bout du tunnel de pierre. Elle n'entend plus sa mère. Il n'y a que l'autre voix, qui fait vibrer les murs de pierre. Parvenue au bout du tunnel, elle avance la tête pour découvrir ce qui se passe dans la pièce. Ce qu'elle distingue malgré le faible éclairage lui semble si incroyable qu'elle se demande si la scène est bien réelle.

Sa mère est assise devant un homme dont Magali ne distingue que le dos. Ils discutent tranquillement en buvant une tasse de thé. Alisha remarque soudain la présence de sa fille.

— Sajani! Enfin, te voilà! Tu n'es pas avec Kenny?

L'homme se retourne. Magali n'en croit pas ses yeux. C'est le vieux *kaku*, en version gentleman.

— Bonjour, *Atimuss*! dit celui-ci d'une voix grave.

— Vous… m'attendiez?

— J'avais hâte que tu arrives, ma chérie! Le docteur Puyjalon m'a affirmé que tu n'étais pas loin, avec Kenny.

— Le docteur Puyjalon?

— On me donne toutes sortes de noms: le vieux *kaku*, l'ermite, le vieux fou… C'est très rare qu'on m'appelle par mon vrai nom.

— C'est vous qui avez emprunté le quatre-roues de Kenny, à Natashquan?

Le vieil homme, vêtu comme un marin et peigné assez convenablement, se contente de hocher la tête d'un air désolé.

— C'est vous aussi qui avez volé un moteur de bateau, des casiers à crabes, et plein d'autres choses?

Il acquiesce de nouveau.

— Vous qui êtes entré dans notre studio pour mettre une étrange poudre rose entre les pages de mon carnet de bord ?

— De l'extrait de chicoutai ! précise-t-il en levant le doigt.

— Et qui avez enlevé ma mère pour l'emmener jusqu'ici ? poursuit Magali en haussant le ton.

— Je devais lui révéler quelque chose de très important.

L'étrange monsieur Puyjalon se tourne alors vers Alisha. Celle-ci aussi semble attendre des explications.

— Je vous dois des excuses. Vous savez, je ne suis pas méchant. Je suis juste un vieux scientifique qui vit en ermite depuis plusieurs dizaines d'années. Le seul prétexte que j'ai trouvé pour vous attirer sur cette île, c'était de vous faire croire que votre fille y était déjà. Qu'elle ne vous avait pas attendue ce matin et qu'elle était partie en bateau avec son ami Kenny.

— Et je vous ai cru ! s'exclame Alisha, déconcertée.

— Attendez ! Laissez-moi terminer. J'ai lu le journal de Magali. Je savais qu'elle était assez débrouillarde pour trouver le moyen de venir vous rejoindre. J'ai d'ailleurs laissé des indices, des traces, un canot, un de vos souliers... afin de l'aider.

— Mais elle aurait pu se perdre!

— Je me suis aussi assuré qu'elle ne serait pas seule sur l'île. D'ailleurs, les autres visiteurs ne sont pas bien loin. Donc, si vous n'y voyez pas d'inconvénient, j'aimerais sans tarder vous montrer quelque chose dans mon laboratoire. Vous devriez mettre ceci, suggère le docteur en tendant un masque à Alisha.

Puis, en se tournant vers Magali:

— Je crois qu'il y a quelqu'un qui t'attend, dehors. Tu n'as qu'à aller au bout de ce couloir et monter les escaliers de pierre. Appuie bien sur la dernière marche!

21

LE SECRET DU VIEUX *KAKU*

Jour 6 — Grande-Île

Cher Géronimo (J'ai enfin appris ton prénom!),

Cette journée est digne d'un film de James Bond... et elle n'est même pas terminée! J'ai conduit un bateau et un canot, visité trois îles mystérieuses, photographié et découvert des animaux marins qui n'existaient que dans mes livres de contes, et pourchassé à travers la forêt une espèce de vieux fou qui avait enlevé ma mère. Lorsque je l'ai enfin retrouvée au fond d'une grotte nauséabonde, elle buvait du thé en bavardant tranquillement avec son ravisseur.

Le vieux kaku parlait! D'une drôle de voix, comme si ça lui demandait un gros effort. Il nous a un peu expliqué comment et pourquoi il nous a attirées dans son repaire. Puis, il a voulu montrer quelque chose à ma mère, dans son laboratoire souterrain. Pendant ce temps, il m'a suggéré d'aller rejoindre quelqu'un qui m'attendait à l'extérieur.

Cette fois, ma mère était plus inquiète que moi. Elle avait peur de me laisser partir seule. Le vieux monsieur s'est tourné vers elle et l'a regardée dans les yeux. Puis, de sa voix caverneuse, il a dit qu'il fallait qu'elle me laisse aller et qu'il ne m'arriverait rien de malheureux. Il a aussi ajouté que j'allais retrouver quelqu'un que je voulais rencontrer depuis plusieurs jours.

Ma mère m'a demandé ce que j'en pensais. Je lui ai assuré que je n'avais pas peur et que, de toute façon, si je restais dans cette pièce à l'odeur fétide une minute de plus, j'allais être malade.

Avant de me laisser partir, le vieux kaku m'a avertie que le passage était beaucoup plus long que celui que j'avais pris pour les retrouver sous terre. Il m'a remis une lampe de poche, quelques piles de rechange et une gourde d'eau.

Ce tunnel humide et obscur était éclairé seulement par ma lampe de poche. Heureusement, la senteur devenait de moins en moins forte au fur et à mesure que j'avançais. J'ai dû marcher une bonne heure avant d'arriver à un vieil escalier de pierre aux marches couvertes de mousse. C'était vraiment glissant!

Une fois au sommet, j'ai fait ce que le vieux kaku m'avait conseillé: j'ai bien appuyé sur la dernière marche. Aussitôt, j'ai entendu un grondement. Un passage s'est ouvert et la pièce s'est éclairée d'un coup.

Lorsque mes yeux se sont habitués à la lumière extérieure, je suis sortie. J'étais face à la mer, sur une plage remplie de petits morceaux de calcaire, pareils aux pièces d'un gigantesque casse-tête. À mes pieds s'étendait une ombre immense. Elle aurait pu appartenir à un géant. J'ai fait quelques pas vers la mer, afin de mieux apprécier ce mastodonte. Aussitôt, le mur de la grotte s'est refermé.

En me retournant, j'ai aperçu celui que je voulais rencontrer depuis le début de mon voyage sur la Côte-Nord. Tu devines qui c'était?

Toi! Mon bel Indien de calcaire, fièrement dressé sur ton île, regardant vers le large. Je t'avais enfin trouvé! J'ai sorti mon appareil photo et j'ai commencé à te prendre sous tous les angles. J'étais aussi contente que si j'avais rencontré le prince charmant, un soir de bal... des finissants!

Une voix m'a fait sursauter.

—Tu veux que je te prenne en photo avec Géronimo, Atimuss?

C'était Marguerite, la grand-mère de Kenny, assise sur un gros galet, au bord de la mer. Elle a ajouté qu'elle m'attendait. Elle avait une histoire à me raconter, celle du vieux kaku dont j'ai appris le vrai nom. Il s'appelle Gilbert Puyjalon.

Son grand-père, Henry de Puyjalon, est venu de France, il y a plus de cent ans. Ce riche Parisien rêvait d'échapper à la société bourgeoise pour vivre simplement, au milieu de la nature, à la façon des Montagnais (c'est ainsi qu'on appelait les Innus, avant).

Avant de quitter la France, le grand-père du vieux kaku a rencontré une femme qui a accepté de venir vivre avec lui, sur la Côte-Nord. Angélique et Henry furent gardiens de phare sur l'île aux Perroquets, non loin d'ici. À part quelques séjours sur le continent, ils passaient tout leur temps au milieu de l'océan, avec pour seuls voisins les perroquets de mer.

La vie n'était pas facile, loin de la civilisation. L'hiver, aucun bateau ne pouvait circuler sur les eaux glacées. La belle Angélique est morte durant une grosse tempête de neige, en donnant naissance à leur fils, loin de l'hôpital, sur leur île déserte. Attristé par la mort de sa femme, Henry ne désirait pas se remarier, mais ne voulait pas que son fils grandisse sans une mère pour prendre soin de lui.

C'est pourquoi il décida de se rendre à Natashquan rencontrer Adèle Bellefleur, une amie montagnaise de sa femme décédée, à qui il demanda d'élever son fils. Puis, Henry se retira et vécut en ermite jusqu'à la fin de sa vie. La seule chose qui l'intéressait, c'était la nature dont il découvrait les mystères chaque jour. Il passait beaucoup de temps à écrire, surtout des œuvres scientifiques. Il tenait une sorte de journal, lui aussi!

Les gens l'appelaient le « maudit Français» ou la «bête puante». Il dégageait une odeur si mauvaise que personne ne voulait l'approcher. Son fils, Raphaël Puyjalon, ne le connut pas autrement que par ces horribles surnoms. Mais l'ermite s'assurait toujours que la famille qui l'élevait ne manque de rien. Il aurait bien voulu payer des études à son fils, dont il suivait la vie de loin. Mais celui-ci aimait mieux chasser et pêcher.

À la mort du «maudit Français», la Montagnaise remit son argent et son journal à Raphaël, alors âgé de vingt ans. Le jeune homme, bouleversé d'apprendre la mort de son père qu'il n'avait pas connu, ne voulut pas de cet héritage, qu'il laissa à sa mère adoptive. Il vécut comme s'il n'avait jamais entendu parler de ce père déserteur. Adèle Bellefleur mit l'argent et le journal dans un vieux sac de cuir qui avait appartenu à l'ermite.

Raphaël eut un fils, Gilbert Puyjalon. Ce dernier, curieusement, ressemblait beaucoup à ce grand-père inconnu. Comme lui, il s'intéressait davantage aux plantes et aux animaux qu'aux humains. Avant de mourir, Adèle Bellefleur lui remit le vieux sac de cuir contenant l'héritage que son père avait refusé.

Gilbert fut vraiment intéressé par les recherches de son grand-père. Il apprit que celui-ci avait découvert une substance qui permettait de prolonger la fraîcheur des poissons et des fruits de mer. Il prit aussi connaissance de l'existence d'un laboratoire situé dans une caverne, sur Grande-Île. Lorsqu'il pénétra dans le laboratoire, il comprit la mystérieuse phrase que son grand-père avait écrite dans son vieux journal : « Le seul problème, avec cet extrait de chicoutai, est sa senteur. »

Il y a maintenant plusieurs années que le petit-fils d'Henry Puyjalon vit sur cette île, dans sa caverne-laboratoire, où il tente de résoudre le problème de l'odeur de l'extrait de chicoutai. Il paraît que s'il y arrivait, cette poudre végétale pourrait révolutionner l'industrie de la pêche. C'est l'héritage qu'il veut laisser aux Innus et aux pêcheurs de la Côte-Nord.

Le soir de notre arrivée à Natashquan, pendant que je somnolais au restaurant L'Échouerie, ma mère a décrit à Marguerite son entreprise de fabrication et de vente d'épices. Dès le lendemain matin, de retour à son campement dans le bois, Marguerite a parlé d'Alisha et de ses épices au vieux kaku, venu lui quêter un café chaud.

Aussitôt, une lumière s'est allumée dans le regard de Gilbert Puyjalon, alias le vieux kaku. Quelques heures plus tard, il empruntait le quatre-roues de Kenny et mon carnet. La suite, tu la connais autant que moi.

Il y a un lien de parenté entre la grand-mère de Kenny et Gilbert Puyjalon. Marguerite est la petite-fille d'Adèle Bellefleur, donc la cousine adoptive du vieux kaku. Elle est aussi la seule avec qui il a partagé son secret jusqu'à aujourd'hui. Ensemble, depuis notre arrivée, ils ont organisé notre venue sur l'île. Ma mère pourrait aider son cousin à améliorer son extrait de chicoutai pendant que moi, j'affronterais mes peurs comme une Indienne-Innue...

Tout le monde croit que le vieux *kaku* est fou, voleur, méchant et muet. En fait, comme me l'a expliqué Marguerite, il est très intelligent et généreux à sa façon. Il ne parle pas beaucoup, c'est pour cette raison qu'il a une voix aussi éraillée. Les gens ont raison sur un point : il pue ! Mais lorsqu'on sait pourquoi, c'est un peu moins pire.

Un bruit de moteur attire l'attention de Magali. Pendant qu'elle écrivait, Marguerite est allée chercher la chaloupe blanche et verte de Gilbert Puyjalon, amarrée non loin du monolithe de l'Indien. Elle n'est pas seule à bord. Jean Lapierre et son ami l'enquêteur sont du voyage. Assise à côté de Marguerite, Alisha, toujours aussi gracieuse malgré la paire d'immenses mocassins qu'elle porte aux pieds, lui envoie des baisers de la main.

Magali est enchantée de retrouver sa mère, même si elle empeste autant que le vieux *kaku* maintenant ! Alisha, peu consciente de l'odeur qu'elle dégage, embrasse sa fille et lui glisse à l'oreille :

— Je crois que j'ai trouvé ce que je venais chercher sur la Côte-Nord.

Les deux hommes sont très déçus. Ils n'ont pas retrouvé le « vieux fou ». Pressée par leurs questions, Alisha leur fait croire que

celui-ci l'a abandonnée dans le bois. L'enquêteur la toise d'un air sceptique. Heureusement,
la nuit approche et le marin est impatient
de retrouver son bateau. Magali range son
carnet et, après un dernier regard vers le
monolithe de l'Indien, elle monte avec les
autres dans l'embarcation.

Marguerite conduit les hommes vers
leurs bateaux, dans l'anse à Loups-Marins.
L'enquêteur laisse sa carte de visite à Alisha.
Il lui demande de le prévenir si elle aperçoit
de nouveau l'ermite. Celle-ci hoche la tête
poliment en rangeant la carte dans son sac à
main.

— Bon, il est tard. Il faut y aller! déclare
Marguerite qui n'a pas l'intention de s'éter-
niser.

Les deux hommes poussent la chaloupe
blanche et verte, et la regardent s'éloigner
d'un air perplexe avant d'embarquer à leur
tour dans leurs bateaux respectifs.

Marguerite met le cap sur Havre-Saint-
Pierre. Mais avant que les femmes gagnent
le large, Magali a le temps d'admirer les
curieux monolithes qui, lors de son expédition, ressemblaient tant à des fantômes
surgis du brouillard. Ce soir-là, dans la
lumière du soleil couchant, on croirait voir
une procession d'animaux marchant vers la

mer. La même lamentation se fait entendre, comme le chant d'une sirène triste. L'Innue arrête un instant le moteur.

— Qu'est-ce que c'est? l'interroge Magali.

— Ça, c'est une corne de brume. Le vieux *kaku* l'a "empruntée" au gardien du phare, il y a plusieurs années. Il s'en sert pour jouer des tours.

— Jouer des tours?

— Oui, lorsqu'ils entendent ce son qui semble surgir de la terre, les gens croient qu'ils proviennent de fantômes qui hantent les monolithes de l'île.

Un deuxième son, différent, mais aussi étrange, retentit. Marguerite indique aux passagères une forme sombre, dans l'eau rendue orangée par le soleil. Un magnifique rorqual bleu les salue en faisant jaillir une véritable fontaine d'eau. Puis, il reprend son duo avec la corne de brume.

22

UN CURIEUX MÉLANGE

Ce soir-là, dans le petit studio d'Havre-Saint-Pierre, Marguerite partage le repas de Magali et Alisha. Plus tard, Paul Siméon doit venir la chercher et l'emmener au village innu de Mingan.

— Je vais en profiter pour aller voir ma fille, la tante de Kenny que vous avez rencontrée lors de la disparition de mon petit-fils, explique-t-elle.

Alisha retourne se laver pour la troisième reprise avant le souper. Chaque fois qu'elle sort de la minuscule salle de bain, Magali et Marguerite se pincent le nez et elle repart essayer de faire partir l'odeur fétide. Cette fois, elle emporte son précieux coffret d'épices avec elle.

Pendant ce temps, l'Innue fait cuire une pleine casserole de pattes de crabe et Magali touille une mayonnaise maison.

— *Atimuss*, regarde dans le sac en cuir que j'ai offert à ta mère. J'y ai mis des herbes qui pourraient parfumer ta mayonnaise.

Magali fait la même chose qu'Alisha : elle divise sa sauce dans plusieurs petits bols qu'elle s'amuse à parfumer de façon différente.

— Celle-ci est au poivre d'eau et herbes salées. Celle-là, aux brisures de toques et graines rouges...

— Sajani, peux-tu garder un peu de mayo sans épices pour moi ? demande Alisha en sortant de sa troisième douche.

Cette fois, l'odeur a disparu. En fait, elle est remplacée par un effluve légèrement épicé. Alisha apporte son coffret d'épices indiennes dans la cuisine et le dépose sur la table. Puis, elle revêt son manteau par-dessus son sari d'intérieur.

— Sajani, tu m'as bien dit que tu avais jeté des feuilles contenant de l'extrait de chicoutai dans la poubelle ?

— Oui, mais tu ne vas pas...

— Attendez-moi, je reviens ! signale-t-elle en sortant.

Quelques minutes s'écoulent. Lorsqu'Alisha revient, une forte senteur envahit le studio, un peu adoucie par le parfum de l'Indienne. Avec fébrilité, celle-ci sort un petit mortier de sa valise. Puis, elle ouvre son précieux coffret et choisit minutieusement quelques épices des Indes qu'elle dépose dans son mortier.

Ensuite, devant les yeux ébahis de sa fille, elle ajoute une petite quantité d'extrait de chicoutai, cette poudre rose qui parfumait la poubelle quelques instants auparavant. À l'aide de son pilon, elle transforme le tout en une sorte de pâte orangée.

— Ouach! s'écrie Magali en voyant sa mère ajouter son mélange d'épices à la mayonnaise.

— Que pensez-vous de mon nouveau parfum?

Alisha, un sourire mystérieux sur les lèvres, frotte son avant-bras avec le reste de poudre rose. L'odeur devient vite insoutenable. Même Marguerite ne peut s'empêcher d'ouvrir les fenêtres et de se boucher le nez. Alisha refait son mélange d'épices indiennes. Telle une magicienne, elle fait disparaître la senteur en versant simplement sur son bras rosé le contenu de son mortier.

Marguerite se met alors à rire à gorge déployée. Bien vite, Alisha et Magali se joignent à elle.

— Ça prenait bien une Indienne pour trouver la solution! clame-t-elle entre deux éclats de rire.

— Une Indienne, une Innue, un *kaku*, une jeune aventurière et quelques épices, rectifie Alisha.

— Tout un mélange! conclut Magali en s'essuyant les yeux.

— On y goûte?

Alisha décortique une patte de crabe avant de tremper la chair blanche dans la mayonnaise orangée. Elle porte le morceau à sa bouche. Un vilain rictus lui tord les lèvres.

— Ce n'est pas bon?

— Ha! Ha! Je vous ai eues. Ce n'est pas mauvais du tout. Allez! À vous d'y goûter.

Magali et Marguerite plongent à leur tour des morceaux de crabe dans la sauce.

— Ça manque un peu de sel.

— On pourrait y ajouter quelques herbes d'ici.

Le reste de la soirée se passe dans la cuisine, entre le sac de cuir contenant les herbes de Marguerite et le coffret d'épices indiennes. Maintenant qu'Alisha a réussi à éliminer la mauvaise odeur, il faut donner du goût au mélange.

À la fin, avant de le mettre au réfrigérateur, Alisha enduit le reste de chair de crabe du mélange d'épices, d'herbes et de chicoutai.

— On va voir combien de temps cette chair va conserver sa fraîcheur.

Lorsque Paul Siméon vient chercher sa mère, il renifle comme un chien policier en entrant dans le studio. Ensuite, en s'adressant à Alisha, il remarque :

— Ça sent vraiment très bon, ici ! Vous portez un parfum très délicat. Est-ce que vous savez où je pourrais en trouver pour faire un cadeau à mon amoureuse ?

Les trois femmes se remettent à rire allègrement.

○

Leurs invités sont partis depuis longtemps. Alisha et Magali ont eu le temps de planifier les quelques jours qu'il leur reste à passer sur la Côte-Nord. Il y a encore beaucoup à faire !

Lorsqu'elles se couchent enfin, Magali se tourne vers sa mère.

— Maman, tu sais, quand tu m'as retrouvée, devant l'Indien de profil, tu m'as dit : "Je crois que j'ai trouvé ce que je venais chercher sur la Côte-Nord." Est-ce que tu parlais de l'extrait de chicoutai ?

— Non, Sajani. Je t'ai trouvée toi, ma belle grande fille que j'avais perdue de vue.

23

CONFIDENCES

Jour 7 — Grande-Île

Cher Géronimo,

Aujourd'hui, ma mère est allée rendre une dernière visite au vieux kaku. Je l'ai accompagnée jusqu'à l'île. Moi, c'est toi que je suis venue voir. Pendant que ma mère et Gilbert concoctent leur mélange révolutionnaire à base de chicoutai, d'épices indiennes et d'herbes de la Côte-Nord, je découvre ton univers.

On est vraiment bien dehors. Je veux dire... les oiseaux, les pingouins, la baleine, toi et moi. L'air est doux et plein d'iode. Après une longue marche à marée basse sur le sentier du littoral, je suis revenue vers toi. Je me suis assise à tes pieds sur un gros galet afin de relire les confidences que je t'ai faites depuis le début du voyage. J'en suis venue à une conclusion: mon professeur de français et mes amis ne vont sûrement pas croire tout ce que j'ai écrit. Au mieux, ils penseront que je suis une très bonne conteuse. Au pire, une petite menteuse qui essaie de se rendre intéressante.

Je me rends compte aussi que mon carnet de bord est devenu un journal intime. Je n'ai pas envie que toute la classe connaisse mes secrets. Qu'en penses-tu?

Jour 8 — Rivière-au-Tonnerre
Cher Géronimo,

Aujourd'hui, j'accompagne ma mère dans un petit village au bord de la mer. Rivière-au-Tonnerre, du nom de sa rivière particulièrement bruyante, surtout au printemps (le genre de commentaire que mon professeur aimerait...). Ma mère rencontre le propriétaire d'un commerce spécialisé dans la vente de produits à base de chicoutai.

Dès notre arrivée à la Maison de la Chicoutai, monsieur Jasmin nous a fait goûter à plusieurs de ses produits. Muffins, tisane, beurre, sirop... tous à base de ce merveilleux petit fruit qui ne sent pas du tout mauvais, contrairement à l'extrait du docteur Puyjalon. On le consomme frais ou séché. Personnellement, c'est le beurre de chicoutai que je préfère. Inouï que les Puyjalon aient pu en extraire une substance qui empeste autant!

Tout à l'heure, pendant que ma mère présentait son mélange et parlait affaires avec monsieur Jasmin, je suis allée me promener dans les rues du village. Bien vite, je suis arrivée devant de gros rochers plats, surplombant la mer. Au loin, d'un seul coup d'œil, je pouvais voir le village entier.

En revenant vers la boutique, j'ai croisé une vingtaine d'enfants qui marchaient en file indienne sur le chemin principal. Une fille d'une dizaine d'années m'a demandé qui j'étais. Puis, j'ai appris que l'école tout entière se rendait chez monsieur Bezeau pour se faire conter une histoire. Ils m'ont proposé de les accompagner. Comme nous passions devant la Maison de la Chicoutai, j'ai pu prévenir ma mère.

Yvon Bezeau nous attendait avec une grosse boîte remplie de cornets au sucre à la crème, une de ses spécialités. Je me suis assise en Indien dans sa bibliothèque, avec ces élèves, âgés de six à quatorze ans, et nous avons écouté les histoires d'Yvon. Cet homme, qui a voyagé autant que ma mère, mais surtout dans le nord du Québec, connaît la Côte-Nord comme sa poche. Toutes les histoires qu'il raconte sont vraies. En l'écoutant, j'ai eu une idée. Je t'en reparlerai...

Jour 9 — Motel L'air pur, Rivière-au-Tonnerre

Cher Géronimo,

Je me suis fait un nouvel ami! Monsieur Bezeau, qui a l'âge de mon grand-père, est passionné par plein de choses, comme un jeune. Il y a quelques années, il s'est construit une bibliothèque chez lui pour y mettre sa collection presque complète de livres sur la Côte-Nord. Il reçoit tous ceux qui sont passionnés par l'histoire de ce territoire. Aujourd'hui, il m'a permis de fouiller dans ses livres afin de trouver les informations dont j'ai besoin pour mon projet...

Magali suspend sa plume. Elle croit avoir entendu des coups frappés à la porte.

«Sûrement ma mère qui a oublié sa clé», songe-t-elle en ouvrant.

— Kenny? Qu'est-ce que tu fais ici?

— J'ai rencontré ta mère, en sortant de la boutique où ma blonde travaille. Elle m'a dit que tu étais probablement ici... Je te dérange?

— Non, non!

Magali observe Kenny. Il a une mine un peu triste.

— Et toi, comment vas-tu?

— Bof...

— Que fais-tu à Rivière-au-Tonnerre?

— Je venais voir ma blonde avant de retourner dans le bois, à Natashquan. Ça ne s'est pas bien passé. On vient de se chicaner.

— La dernière fois que je t'ai vu, au village de Mingan, tu allais me raconter ton "histoire d'amour compliquée".

— Ouais, c'est vrai.

Kenny fixe le plancher. Il semble trouver difficile de se confier. Plusieurs secondes s'écoulent en silence. Magali n'ose pas insister. Tout à coup, le jeune Innu redresse la tête. Il regarde Magali d'un air de défi.

— Ça te dirait de faire une promenade en quatre-roues?

— À condition que tu me racontes ta fameuse histoire.

— D'accord.

Comme s'il avait prémédité son coup, l'adolescent tend un deuxième casque de moto à Magali.

— Habille-toi chaudement, je t'emmène aux chutes Manitou.

La jeune fille met manteau, bottes, gants et casque de moto. Puis, elle monte derrière Kenny sur son bolide. Cette fois, pas de crissements de pneus spectaculaires, mais une randonnée paisible sur le chemin de terre qui suit la route.

Après plusieurs kilomètres, l'Innu stationne son véhicule près d'un petit kiosque de renseignements, encore fermé à cette période de l'année.

— Tu viens?

Magali s'enfonce dans le bois à la suite de Kenny. Fidèle à son habitude, il bondit comme un chevreuil sur le chemin forestier qui longe une belle rivière tumultueuse. Soudain, il s'arrête et l'attend.

— Ici, il faut faire attention, *Atimuss*. Le chemin descend et c'est très glissant.

Kenny lui tend la main. Mais la jeune citadine, par orgueil, refuse son aide.

Le chemin est presque dangereux, en cette saison. La rivière, gonflée par les eaux du printemps, menace de sortir de son lit et de tout emporter sur son passage. Magali se cramponne aux arbres qui bordent la descente. Mais le risque en vaut la peine. Lorsqu'ils arrivent en bas, la chute Manitou, deux fois plus large, haute et puissante que celle de Natashquan, se dresse devant eux.

Kenny s'assoit sur une souche de bois, devant la falaise d'eau. Puis, il commence à parler. Il ne s'adresse pas à Magali, mais à la chute, au vent et à la forêt. Sa confidente est déçue, elle qui s'attendait à entendre son histoire d'amour. Mais le jeune homme répète les mêmes phrases en boucle, comme pour lui permettre de mieux comprendre. Certains mots résonnent plus fort que les autres.

— Nos études… elle a choisi… à Montréal… Moi, à Chicoutimi… doit partir… trop loin… se verra plus!

Lorsque Kenny se calme enfin, Magali se dresse devant la chute et parle à son tour à tous ceux qui peuvent l'entendre:

— Toujours peur de tout!… raté ma chance… était ma meilleure amie… n'avait pas le droit… bal des finissants… m'a trahie!

À bout de souffle, elle s'arrête et fixe Kenny en souriant.

— Ouf! Ça fait du bien!

Il lui sourit à son tour.

De retour à Rivière-au-Tonnerre, Magali l'invite au petit café, derrière la Maison de la Chicoutai. Mais celui-ci décline l'invitation.

— Je dois retourner au campement, à Natashquan. Ma grand-mère a organisé un cercle de la parole, dans le *shaputuan*. Il paraît qu'elle a un secret de famille à nous révéler.

Magali ne dit rien. Elle aurait bien aimé connaître sa réaction, lorsqu'il apprendra qui est vraiment le vieux *kaku*. Elle se contente de fixer Kenny, les yeux brillants de larmes contenues. C'est peut-être la dernière fois qu'elle le voit.

L'Innu fouille dans les poches de sa veste. Il en extrait un petit sachet en peau de caribou.

— Tiens. C'est pour aller avec ta tête d'ours.

La jeune fille ouvre le sachet et découvre une paire de boucles d'oreilles de la même couleur blanchâtre que son pendentif.

— Elles ressemblent à des pattes d'ours!

— Oui. Pour que tu ne perdes pas les traces de ton *numushum*. C'est la sœur de ma mère qui les a faites.

— Merci! Oh! Il y a une carte, s'écrie-t-elle en sortant un petit carton du sac.

Dessus, elle lit une inscription de couleur verte sur fond blanc: *Kenny Siméon, guide forestier*.

— C'est mon emploi d'été.

Au verso, en blanc sur fond vert, sont gravés son numéro de cellulaire et son adresse courriel.

— Ça, c'est pour que tu ne perdes pas ma trace.

Magali ne peut s'empêcher de verser quelques larmes, qu'elle essuie bien vite du revers de sa manche. Kenny, troublé, bredouille un «au revoir» et tend sa main. Mais la jeune fille ne peut s'empêcher de serrer contre elle son nouvel ami.

Ils restent ainsi un moment, le temps de se révéler en silence ce que les mots ne peuvent exprimer. Puis, Kenny remet son casque et monte sur son quatre-roues. Quelques secondes plus tard, il disparaît derrière les dunes.

24

L'HÉRITAGE

Jour 12 — Havre-Saint-Pierre, Salon des commerçants

Cher Géronimo,

Je ne t'ai pas donné signe de vie depuis quelques jours. J'espère que tu ne m'en veux pas. J'étais un peu occupée par mon « projet personnel » dont je te reparlerai.

Après notre séjour à Rivière-au-Tonnerre, nous sommes revenues à Havre-Saint-Pierre. Dans le coffre de notre voiture, nous avions plusieurs boîtes remplies d'échantillons d'épices à base d'extrait de chicoutai.

En ouvrant la porte du studio, nous avons été accueillies par une odeur de fraîcheur. Ma mère s'est précipitée dans la cuisine. Elle a ouvert le frigidaire et pris le plat de chair de crabe enrobée de l'extrait de Gilbert Puyjalon, mêlé aux épices indiennes et aux herbes innues.

La chair sentait encore très bon. Ma mère, toujours aussi audacieuse, en a avalé une grosse bouchée. Elle m'a assuré que le crabe avait le même goût que le jour où nous l'avons acheté, directement du pêcheur. Franchement, je n'avais pas envie d'en manger. J'étais sceptique et j'avais peur qu'on s'intoxique!

Mais non! Ma mère ne s'est pas empoisonnée. D'après les études des Puyjalon, grand-père et petit-fils, la chair de poisson, de crustacés ou de fruits de mer, enrobée de l'extrait de chicoutai, peut garder sa fraîcheur pendant deux semaines! Il ne leur reste plus qu'à convaincre les consommateurs.

Dans quelques instants, ~~le vieux kaku~~ le professeur Puyjalon va donner une conférence sur la découverte de son grand-père ici, dans une des salles de conférence du Salon des commerçants de la Côte-Nord. Gilbert a vraiment fait de gros efforts pour bien s'habiller! Même les pêcheurs qui l'ont déjà rencontré ne le reconnaissent pas. En plus, il sent très bon!

Après la conférence, ma mère va présenter ses épices fraîcheur à base d'extrait de chicoutai, qu'elle fera goûter au public. Moi, je vais l'assister.

Tout à l'heure, en attendant le début de la conférence du ~~vieux~~ professeur Puyjalon, je me suis promenée dans le Salon des commerçants. Soudain, j'ai entendu un chant étrange, qui me rappelait celui du rorqual bleu, au large de Grande-Île. Fascinée, je me suis dirigée vers un petit attroupement de curieux. Au centre, un homme habillé en marin soufflait dans une sorte de tuyau joliment décoré et surmonté d'une chandelle. Il s'arrêtait parfois pour raconter l'histoire des baleines avant d'imiter leur chant avec son «baleinophone».

Séduits, les gens voulaient tous se procurer un baleinophone. J'en ai choisi deux. Un pour moi et un pour le professeur Puyjalon. Il pourra faire des duos avec ses chères baleines, ou imiter les fantômes.

Je suis à présent assise à l'arrière de la salle où le ~~vieux~~ professeur Puyjalon va parler. La pièce est déjà pleine. J'espère qu'il n'est pas trop nerveux!

Soir... Studio d'Havre-Saint-Pierre
Je suis tellement émue que je n'arrive pas à m'endormir!

La conférence de Gilbert Puyjalon, alias le vieux kaku, a connu un succès fou! Les gens étaient si intéressés par sa découverte qu'ils sont tous restés pour la dégustation. Il y avait des commerçants des quatre coins du Québec. Ils ont vidé tous nos plateaux de canapés aux fruits de mer et sont repartis avec des échantillons pour tester l'efficacité du produit. Ma mère a déjà rempli ses carnets de commandes! Bientôt, on va retrouver ses épices fraîcheur dans tous les restaurants et chez tous les épiciers d'Amérique du Nord!

Elle est tellement contente qu'elle a appelé sa famille en Inde pour lui faire part de son succès. J'entendais ma grand-mère s'exclamer de joie, à l'autre bout du monde.

Puis, nous sommes allées reconduire Gilbert à sa chaloupe. Il avait hâte de retrouver son île et sa chemise de chasse! Je le soupçonne même de vouloir retrouver son odeur de vieux kaku. J'étais triste de le voir partir. Avant qu'il embarque dans sa chaloupe, je lui ai remis son baleinophone. Il a fait une drôle de grimace, comme s'il était ému, mais ne voulait pas le montrer. Puis, lorsque son bateau s'est éloigné, j'ai soufflé dans mon baleinophone.

Longtemps, dans la lumière du soleil couchant, nous avons joué en duo avec nos instruments. Puis, l'embarcation a disparu à l'horizon et la faible plainte de son instrument aussi. Je ne sais pas si nous nous reverrons un jour.

Ma mère m'a appris que le professeur Puyjalon refusait de toucher sa part des profits sur la vente des épices fraîcheur.

Il veut tout laisser aux Innus et aux pêcheurs qui lui ont «prêté» des affaires.

Il y a plusieurs choses qui me rendent trop émue pour dormir. Tout à l'heure, j'ai envoyé un texto à Jade pour lui signaler que je rentrais le surlendemain, avec plein d'histoires à lui raconter.

Elle m'a aussitôt répondu qu'elle avait hâte de me revoir et m'a conseillé d'appeler Thierry, ce que j'ai fait sans attendre. Nous nous sommes parlé pendant un bon moment. Je lui ai expliqué ce qui m'était passé par la tête lorsqu'il m'avait demandé d'être sa blonde, l'autre jour. Je lui ai même avoué que j'avais eu beaucoup de chagrin quand Jade s'était proposée pour l'accompagner au bal.

Thierry aussi en avait gros sur le cœur. Je lui ai fait beaucoup de peine en refusant sa demande. Il m'en a aussi voulu de ne pas répondre à ses appels. Ensuite, il a murmuré qu'il devait raccrocher, parce que sa répétition avec son groupe recommençait. Je ne savais pas s'il était encore fâché.

J'étais en train de repasser en boucle notre conversation quand j'ai reçu un nouveau texto dans lequel il me demandait si je voulais être sa blonde et si je voulais l'accompagner au bal.

J'ai dit... oui!

Maintenant, tu connais tous mes secrets, cher Géronimo. Tu dois aussi te douter que je ne pourrai pas te remettre entre les mains de mon professeur de français! Tu ne peux pas être « mon projet personnel de cours de français».

C'est pour ça que j'ai commencé un autre projet personnel qui va peut-être faire de moi une grande écrivaine (Ha! Ha! Ha!): un conte pour jeunes lecteurs inspiré de mes aventures sur la Côte-Nord.

C'est l'histoire d'une jeune fille très curieuse qui monte à bord d'une chaloupe accostée sur la plage. Aussitôt qu'elle entre dans la cabine, le bateau s'ébranle et quitte le bord de l'eau. Elle se retrouve au milieu de l'océan, avec un vieux capitaine muet et un perroquet de mer bavard, qui raconte des histoires à dormir debout. Le bateau accoste sur une île étrange. Le capitaine et son perroquet disparaissent mystérieusement...

Si j'ai du mal à m'endormir ce soir, c'est surtout parce que je crois avoir trouvé la suite de mon conte et son titre: <u>Les Fantômes de Mingan</u>.

Qu'en penses-tu?

Magali Sajani

GLOSSAIRE

D'une communauté à l'autre, étant donné que la langue innue est d'abord une langue vivante, parlée et transmise essentiellement par la tradition orale, encore très forte, les termes ci-dessous peuvent présenter des variantes orthographiques.

Atimuss	Chiot
Kaku	Porc-épic
Katimetsheshut	Innu des bois, esprit qui se déplace avec l'air et qui joue des tours·
Kuekuatsheu	Carcajou
Kuei-kuei	Bonjour
Macacain, e	Ceux qui viennent de la mer
Maikan	Loup
Makusham	Célébration traditionnelle
Mashk	Ours
Nakai	Arrêt
Numushum	Grand-père
Puamum	Rêve
Shaputuan	Très grande tente
Tina	Sterne, hirondelle de mer

TABLE DES MATIÈRES

Les titres de la collection Atout

* Lecture facile   ** Lecture intermédiaire   *** Lecture difficile

Suivez-nous

GARANT DES FORÊTS
INTACTES

Achevé d'imprimer en septembre 2015
sur les presses de Marquis-Gagné
Louiseville, Québec